长篇小说

神木

刘庆邦 著

Publishing House of Electronics Industry
電子工業出版社

图书在版编目（CIP）数据

神木／刘庆邦 著. 一 北京：电子工业出版社，2010.5
ISBN 978－7－121－10724－5
Ⅰ.①神… Ⅱ.①刘… Ⅲ.①长篇小说－中国－当代
Ⅳ.①I247.5

中国版本图书馆CIP数据核字（2010）第070412号

书名：神木
SHENMU
作者：刘庆邦

责任编辑：李 影 胡 南
策 划：念念文化 NBooks
特约编辑：刘玉浦 何 立
装帧设计：Metis 灵动视线 010-85983452

出 版 电子工业出版社
发 行 电子工业出版社
社 址 北京市海淀区万寿路173号信箱
邮 编 100036
开 本 787×1092 1／32
印 张 7.25
字 数 150千字
版 次 2010年5月第1版 2010年5月第1次印刷
印 刷 三河市文通印刷包装有限公司
书 号 ISBN 978－7－121－10724－5
定 价 20.00元

凡所购买电子工业出版社图书有缺损问题，请向购买书店调换。
若书店售缺，请与本社发行部联系，联系及邮购电话：（010）88254888。
质量投诉请发邮件至zlts@phei.com.cn，盗版侵权举报请发邮件至dbqq@phei.com.cn。
服务热线：（010）88258888。

目　　录

也爬不起来。不过，在办的过程中，稳准狠都要做到，一点也不能大意。想到这里唐朝阳恶毒地笑了……

三 / 29

在他们看来，窑底下太适合杀人了，简直就是天然的杀人场所。窑底是沉闷的，充满着让人昏昏欲睡的腐朽的死亡气息，人一来到这里，像服用了某种麻醉剂一样，杀人者和被杀者都变得有些麻木。不像在地面的光天化日之下，杀一个人轻易就被渲染成了不得的大事。更主要的是，窑底自然灾害很多，事故频繁，时常有人竖着进来，横着出去。在窑底杀了人，很容易就可说成天杀，而不是人杀。

四 / 46

人世间的许多事情都是这样，准备和铺垫花的时间长，费的心机多，结果往往就那么一两下就完事儿了。十月怀胎，一朝分娩，说的就是这个意思。在打死点子之前，他们都闷着头干活儿，彼此之间说话很少。……他把手里的镐头已经握紧了，对唐朝霞的头颅瞥了一次又一次。……当铁镐与点子头颅接触时，头颅发出的是一声闷响，一点儿也不好听，人们形容一些脑子不开窍的人，说闷得敲不响，大概就是指这种声音。

五 / 63

窑主让一个上岁数的人把死者的眼睛处理一下，帮死者把眼皮合上，那人把两只手掌合在一起快速地搓，手掌搓热后，分别捂在死者的两只眼睛上暖，估计暖得差不多了，就用手掌往下抿死者的眼皮。那人暖了两次，抿了两次，都没能把死者的两只眼皮合上。

六 / 80

唐朝阳把唐朝霞的骨灰盒从提包里拿出来了，说："去你妈的，你的任务已经彻底完成了，不用再跟着我们了。"他一下子把骨灰盒扔进井口里去了。这个报废的矿井大概相当深，骨灰盒扔下去，半天才传上来一点落底的微响，这一下，这位真名叫元清平的人算是永远消失了，他的冤魂也许千年万年都无人知晓。唐朝阳把这张全家福的照片也掏出来了撕碎了。碎片飞得不高，很快就落地了。

七 / 99

妻子的情绪很好，身子贴他贴得很紧实，问他："你在外面跟别的女人睡过吗？”

他说：“睡过呀。”

“真的？”

“当然真的了，一天睡一个，九九八十一天不重样。”

“我不信。”

“不信你摸摸，家伙都磨秃了。”

妻子一摸，他就乐了，说：“放心吧，好东西都给你攒着呢。”

张敦厚试出来了，这个家伙果然是他的同行，也是到这里钓点子的。这个家伙年龄不大，看上去不过二十五六岁，生着一张娃娃似的脸，五官也很端正。正是这样面貌并不凶恶的家伙，往往是杀人不眨眼的好手。张敦厚心里跳得腾腾的，竟然有些害怕。他想到了，要是跟这个家伙走，出不了几天，他就变成人家手里的票子。不行，他要揭露这个家伙，不能让这个家伙跟他们争生意。于是他走了几步站下了。

张敦厚领回一个中学生模样的小伙子，令王明君大为不悦，王明君一见就说："不行不行！"鱼鹰捉鱼不捉鱼秧子，弄回一个孩子算怎么回事儿。他觉得张敦厚这件事办得不够漂亮，或者说有点儿丢手段。

张敦厚以为王明君的做法跟过去一样，故意拿点子一把，把点子拿牢，就让小伙子快朝王明君喊叔，跟叔说点好话。

十 / 141

独头儿掌子面上下左右和前面都堵得严严实实，它更像一只放倒的瓶子，只有瓶口那儿才能进去。瓶子里爬进了昆虫，若把瓶口一塞，昆虫就会被闷死。独头掌子面的问题是，尽管巷道的进口没被封死，掌子面的空气也出不来，外面的空气也进不去。掌子面的空气是腐朽的，也是死滞的，它是真正的一潭死水。人进去也许会把"死水"搅和得流动一下，但空气会变得更加混浊，更加黏稠，更加难以呼吸。

十一 / 158

当年轻媳妇从大锅里起出一桶热水，泼向他们身上时，他们才一起乱叫起来。也许水温有些高，泼在他们身上有些烫，也许水温正好，他们确实感到舒适极了，也许根本就不是水的缘故，而是另有原因，反正他们的确兴奋起来了。他们的叫声像是欢呼，但调子又不够一致。叫声有的长，有的短，有的粗，有的细，而且发的都是没有明确意义的单音。

十二 / 170

有一年发大水，把煤从河床里冲出来了。人们看到黑家伙身上有木头的纹路，一敲当当响，却不是木头，像石头。人们把黑家伙捞上来，也没当回事，随便扔在院子里，或者搭在厕所的墙头上了。毒太阳一晒，黑家伙冒烟了，这是怎么回事，难道黑家伙能当木头烧锅吗？有人把黑家伙敲下一块，扔进灶膛里去了。你猜怎么着，黑家伙烘烘地着起来了，浑身通红，冒出来的火头蓝荧荧的，真是神了。大家突然明白了，这是大树老得变成神了，变成神木了。

十三 / 184

这天下班后，他们吃过饭没有睡觉，王明君和张敦厚就带王风到镇上去了。按照昨天的计划，在办掉点子之前，他们要让这个年轻的点子尝一尝女人的滋味，真正当一回男人。

王明君本想把这家小饭店越过去，到镇上再说。到了跟前，才知道越过去是不容易的。她们一看见他们，就站起来，笑吟吟地迎上去，叫他们“这几位大哥”，给他们道辛苦，请他们到里面歇息。

十四 / 196

张敦厚有些急不可耐，看了王明君一次又一次，用目光示意他赶快动手。然而王明君好像没领会他的意图，没有往点子身边接近。

张敦厚说：“哥们儿，你不办我替你办了！”说着笑了一下。

王明君没有吭声。

张敦厚以为王明君默认了，就把镐头拖在身后，向王风靠近。眼看他就要把镐头举起来——

十五 / 210

王明君看出了张敦厚的企图，就使劲抽自己的脚。抽不出来，他也急眼了，喊道：“王风，快来帮我把这家伙打死，就是他打死了你爹，快来给你爹报仇！”

王风吓得往后退着，说：“二叔，不敢……不敢哪，打死人是犯法的。”

指望不上王风，王明君只好自己轮起镐头，在张敦厚头上连砸了几下，把张敦厚的头砸烂了。

一

冬天。离旧历新年还有一个多月。天上落着零星小雪。在一个小型火车站，唐朝阳和宋金明正物色他们的下一个点子。点子是他们的行话，指的是合适的活人。他们一旦把点子物色好了，就把点子带到地处偏远的小煤窑办掉，然后以点子亲人的名义，拿人命和窑主换钱。这项生意他们已经做得轻车熟路，得心应手，可以说做一项成功一项。他们两个是一对好搭档，互相配合默契，从未出过什么纰漏。按他们的计划，年前再办一个点子就算了。一个点子办下来，每人至少可以挣一万多块。如果运气好的话，也许会突破两万块大关，回老家过个肥年不成问题。

火车站一侧有一家露天小饭店，饭店门口的标牌上写着醒目的广告，卖正宗羊肉烩面、保健羊肉汤、烧饼和多种下酒小菜。唐朝阳对保健羊肉汤产生了兴趣，他骂了一句，说："现在什么都保健，就差搞野鸡不保健了。"一位端盘子的小姑娘迎出来，称他们"两位大哥"，把他们请进棚子里坐下。他们点了两碗保健羊肉汤和四个烧饼，却说先不要上，他们还要喝点酒。他们的心思也不在酒上，而是在车站广场那些"两条腿的动物”上。俩人漫不经心地呷着白酒。嘴里有味无味地咀嚼着四条腿动物的杂碎，四只眼睛通过三面开口的小饭店，不住地向人群中睃寻。离春节还早，人们的脚步却已显得有些匆忙。有人提着豪华旅行箱，大步流星往车站入口处赶。一个妇女走得太快，把手上扯着的孩子拖倒了。她把孩子提溜起来，照孩子屁股上抽两巴掌，拖起孩子再走。一个穿红皮衣的女人，把手机捂在耳朵上，嘴里不停地说话，脚下还不停地走路。人们来来往往，小雪在广场的地上根本存不住，不是被过来的人带走了，就是被过去的人踩化了。呆着不动的是一些讨钱的乞丐。一个上年纪的老妇人，跪伏成磕头状，花白的头发在地上披散得如一堆乱草，头前放着一只破旧的白茶缸子，里面扔着几个钢镚子和几张毛票。还有一个年轻女人，坐在水泥地上，腿上放着一个仰躺着的小孩子。小孩子脸色发白，闭着双眼，不知是生病了，还是饿坏了。年轻女人面前也放着一只讨钱用的搪瓷茶缸子。人们来去匆匆，看见他们如看不见，很少有人往茶缸里丢钱。唐朝阳和宋金明不能明白，元旦也好，春节也罢，只不过都是时间上的说法，又不是人的发情期，那些数不清的男人和女人，干吗为此变得慌里慌张、躁动不安呢？

这俩人之所以没有出击，是因为他们暂时尚未发现明确的目标。他们坐在小饭店里不动，如同狩猎的人在暗处潜伏，等候猎取对象出现。猎取对象一旦出现在他们的视野之内，他们马上会兴奋起来，并不失时机地把猎取对象擒获。他们不要老板，不要干部模样的人，也不要女人，只要那些外出打工的乡下人。如果打工的人成群结帮，他们也会放弃，而是专挑那些单个儿的打工者。一般来说，那些单个儿的打工者比较好蒙，在二对一的情况下，用不了多大一会儿工夫，被利诱的打工者就如同脖子里套上绳索一样，不用他们牵，就乖乖地跟他们走了。他们没发现单个儿的打工者，倒是看见三几个单个儿的小姐，在人群中游荡。小姐打扮妖艳，专拣那些大款模样的单行男人搭讪。小姐拦在男人面前嘀嘀咕咕，搔首弄姿，有的还动手扯男人的衣袖，意思让男人随她走。大多数男人态度坚决，置之不理。少数男人趁机把小姐逗一逗，讲一讲价钱。待把小姐的热情逗上来，他却不是真的买账，撇下小姐扬长而去。只有个别男人绷不住劲，迟迟疑疑地跟小姐走了，到不知名的地方去了。唐朝阳和宋金明看得出来，这些小姐都是野鸡，哪个倒霉蛋儿要是被她们领进鸡窝里，就算掉进了黑窟窿，是公鸡也得逼出蛋来。他们跟这些小姐不是同行，不存在争行市的问题。按他们的愿望，希望每个小姐都能赚走一个男人，把那些肚里长满板油的男人好好宰一宰。

端盘子的小姑娘过来问他俩，这会儿上不上羊肉汤。

唐朝阳回过眼来，把小姑娘满眼瞅着，问："你们这里有没有保健野鸡汤？"

宋金明听出唐朝阳肚子里在冒坏汤儿，也盯紧小姑娘的嘴唇，看她怎样回答。小姑娘腰身瘦瘦的，脖子细细的，看样子是刚从乡下雇上来的黄毛丫头，还没开过胯，还没经过大阵仗。正是这样的生坯子，用起来才有些意思。女人身上一旦起了软肉，就不再是柴鸡的味道，而是用化学饲料催长的肉鸡的味道。小姑娘好看的嘴唇动了动，说她不知道有没有保健野鸡汤。

“你们饭店里有保健羊肉汤，难道就没有保健野鸡汤吗？野鸡汤本钱也不高，比卖羊肉汤来钱快多了。”唐朝阳说。

小姑娘说，她去问一问老板，转身进屋去了。

宋金明朝唐朝阳脚杆子上踢了一下：“去你妈的，别想好事儿了。要想弄成事儿，恐怕五百块都说不下来。”

“一千块我也干！”

老板从屋里出来了，是一位少妇。少妇身前身后都起了不少软肉，比小姑娘逊色多了。少妇说：“两位大哥真会开玩笑，你们把羊肉汤喝足了，还愁喝不到野鸡汤吗！”少妇把红嘴往旁边的洗头泡脚屋一努，说那里面就有，想喝多久喝多久，口对口喝都没人管。

唐朝阳看出老板娘不是个善茬儿，不再提要野鸡汤的事，说："把羊肉汤端上来吧。"

他俩注意到了，小饭店的左侧是一个挂着黑漆布帘子的放像室，一男一女堵在门口卖票收钱，四块钱一位，时间不限。门口立着一个黑色立体声音箱，以把录像带上的声音同步传播出来作为招徕。音箱里一阵一阵传出来的大都是女人的声音，她们像是被什么东西塞住了音道，发音吐字一点也不清晰。右侧是一家美容美发兼洗头泡脚的小屋门面，门面的大玻璃窗上写着两行红字："低位消费，到位服务。"这样的小屋唐朝阳和宋金明都进去过，别看小屋门面不大，里面的世界却深得很，往往要七拐八拐，进了旁门，还有左道，有时还要上楼下楼。等到了单间，小姐转出来，一对一的洗和泡就可以进行了。当然了，他们洗的是第二个头，泡的是第三只脚。

小姑娘把保健羊肉汤端上来了。羊肉汤是用砂锅子烧的，大概因为砂锅子太烫手，小姑娘是用一个特制的带手柄的铁圈套住砂锅子，才分两次把热气腾腾的羊肉汤端上桌的。唐朝阳和宋金明一瞅，汤汁子白浓浓的，上面洒了几珠子金黄的麻油，酽酽的老汤子的香气直往鼻腔子里钻。两位拿起调羹，刚要把“保健”的滋味品尝一下，唐朝阳往车站广场瞥了一眼，说声：“有了！”几乎是同时，宋金明也发现了他们所需要的人选，也就是来送死的点子。两人很快地对视了一下，眼里都闪射出欣喜的光芒，这种欣喜是恶毒的。他们不约而同地把调羹放下了。一个点子就是一堆大面值的票子，眼下，票子还带着两条腿，还会到处走动，他们决不会放过。由于心情激动，他们的手稍稍有些发抖，调羹放回碟子时发出了微响。宋金明站起来了，说：“我去钓他！”

如同当演员做戏一样，宋金明从小饭店出来时，没忘了带着他的一套道具，那就是一个用塑料蛇皮袋子装着的铺盖卷儿，一只式样过时的、坏了拉锁的人造革提兜。提兜的上口露出一条毛巾。毛巾脏污得有些发黑，半截在提兜里，半截在兜外耷拉着。这样的道具容易被打工者认同。

二

被宋金明跟踪的目标走过车站广场，向售票厅走去。目标的样子不是很着急，目的性似乎也不太明确。走过车站广场时，他仰起脸往天上看了一会儿，像是看一下天阴到什么程度，估计一下雪会不会下大。看到利用孩子讨钱的那个妇女，他也远远地站着看了一会儿。他没有走近那个妇女，更没有给人家掏钱。目标到售票厅并没有买票，他到半面墙壁大的列车时刻表下看看，到售票窗口转转，就出去了。目标走到门外，有一个人跟他搭话。宋金明顿时警觉起来，他担心有人撬他们的行，把他们选中的点子半路劫走。宋金明紧走两步，想接近目标，听听那人跟他们的目标说什么，以便见机行事，把目标夺过来。宋金明的担心多余了，他还没听见俩人说什么，俩人就错开了，一人往里，一人往外，各走各的路。

目标下了售票厅门口的水泥台阶，看见脚前扔着一个大红的烟盒，烟盒是硬壳的，看上去完好如新。目标上去一脚，把烟盒踩扁了。他没有马上抬脚，转着脖子左右环顾。大概没发现有人注意他，他才把烟盒拣起来了。他伸着眼往烟盒里瞅，用两个指头往烟盒里掏。当证实烟盒的确是空纸壳子时，他仍没舍得把烟盒扔掉，而是顺手把烟盒揣进裤子口袋里去了。

这一切，宋金明都看在眼里。目标左右环顾时，他的目光及时回避了，装作什么都没看见。目标定是希望能从烟盒里掏出一卷子钱来，烟盒空空如也，不光没钱，连一根烟卷也不剩，未免让他的可爱的目标失望了。通过这一细节，宋金明无意中完成了对目标的考察，他因此得出判断，这个目标是一个缺钱和急于挣钱的人，这样的人最容易上钩。事不迟疑，他得赶快跟他的目标搭上话。

车站广场一角有一个报刊亭，目标转到那里站下了，往亭子里看着。报刊亭三面的玻璃窗内挂满了各类花里胡哨的杂志，几乎每本杂志封面上都印有一个漂亮女人。宋金明掏出一支烟，不失时机地贴近目标，说："师傅，借个火。"

目标回过头来，看了宋金明一眼，说他没有火。

既然没有火，宋金明就把烟夹在耳朵上走了，像是找别人借火去了。他当然不会真走，走了几步又折回来了，对目标说："我看着你怎么有点儿面熟呢？"还没等目标对这个问题作出反应，他的第二个问题跟着就来了："师傅这是准备回家过年吧？"

目标点点头。

"离过年还有一个多月呢，回家那么早干什么！"

"不回家去哪儿呢？"

"我们联系好了一个矿，准备去那里干一段儿。那里天冷，煤卖得好。那儿回来的人说，在那个矿干一个月，起码可能挣这个数。”说着弯起一个食指勾了一个九。他见目标的眼睛亮了一下，随即把代表钱数的指头收起来了。这时，有个吸烟的人从旁边路过，他过去把火借来了。他又掏出一支烟，让目标也点上。目标没有接，说他不会吸烟。宋金明看出目标心存戒心，没有勉强让他吸，主动与目标拉开距离，退到一旁独自吸烟去了。一旁有一个长方形的花坛，春夏季节，花坛里有花儿开放，眼下是冬季，花坛里只剩下一些枯枝败叶。有些带刺的枯枝子上，挂着随风飘扬的白塑料袋，像招魂幡一样。花坛四周，垒有半腿高的水泥平台。宋金明的铺盖卷儿放在地上，在台面上坐下了。对于钓人，他是有经验的。钓人和钓鱼的情形有相似的地方，你把钓饵上好了，投放了，就要稳坐钓鱼台，耐心等待，目标自会慢慢上钩。你若急于求成，频频地把钓饵往目标嘴边送，很有可能会把目标吓跑。

果然，目标绕着报刊亭转了一圈，磨蹭着向宋金明挨过来。目标向宋金明接近时，眼睛并没有看宋金明，像是无意之中走到宋金明身边去的。

宋金明暗喜，心说，这是你自己送上门来找死，可不能怨我。他没有跟目标打招呼。

目标把一直背在肩上的铺盖卷放下来了，他的铺盖卷也是用蛇皮塑料袋子装的。并没人做出规定，可近年来，外出打工的人几乎都是用蛇皮袋子装铺盖。若看见一个人或一群人，背着臃肿的蛇皮袋子在路边行走，不用问，那准是从乡下出来的打工族。蛇皮袋子仿佛成了打工者的一个标志。目标把铺盖卷放得和宋金明的铺盖卷比较接近，而且都是站立的姿势。在别人看来，这两个铺盖卷正好是一对。宋金明注意到了目标的这一举动。他拿铺盖卷作道具，他的道具还没怎么耍，有人就跟他的道具攀亲家来了。有那么一瞬间，他产生了一点错觉，仿佛不是他钓人家，而是打了颠倒，是人家来钓他，准备把他钓走当点子换钱。他在心里狠狠打了一个手势，赶紧把错觉赶走了。

目标清了清嗓子，问宋金明刚才说的矿在哪里。

宋金明说了一个大致的地方。

目标认为那地方有点儿远。

“那是的，挣钱的地方都远，近处都是花钱的地方。”

“你是说，去那里一个月能挣九百块？”

“九百块是起码数，多了就不敢说了。”

“你一个人去？”

“不，还有一个伙计，在那边等我。我来买票。”

目标不说话了，低着头，一只脚在地上来回擦。他穿的是一种黑胶和黑帆布黏合而成的棉鞋，这种鞋内膛较大，看上去笨头笨脑。宋金明知道，一些缺乏自信的打工者，都愿意把有限的钱藏在这种棉鞋里。他不知道这个家伙鞋膛里是不是装得有钱。宋金明试探似的把目标的棉鞋盯了盯，目标就把脚收回去了，两只脚并在了一处。宋金明看出来了，他选定的目标是一个老实蛋子。在眼下这个世界，是靠头脑和手段挣钱。像这种老实蛋子，虽然也有一把子力气，但到哪里都挣不到什么钱，既养活不了老婆，也养活不了孩子。这样的笨蛋只适合给别人当点子，让别人拿他的人命一次性地换一笔钱花。

目标开始咬钩了，他问宋金明："我跟你们一块儿去可以吗？"

宋金明没有答应，他还得继续拿钓饵吊目标的胃口，让自愿上钩者把钢钩咬实，他说："恐怕不行，人家只要两个人，一下子去三个人算怎么回事。"

目标说："我去了，保证不跟你们争活儿，要是没我的活儿干，我马上回家。我说话算话，你要是不信，我可以赌咒。"

宋金明制止了他的赌咒。赌咒是笨人才用的办法。笨人没办法让别人相信他，只有采取精神自残的赌咒作践自己。赌咒算个狗屁，现在都什么时候了，谁还相信咒语？宋金明说："这事儿我说了不算，活儿是我那个伙计联系的，只能跟他说一下试试。”

宋金明领着目标往小饭店走。走到那个头一直磕在地上的老妇人跟前，宋金明让目标等等，从口袋里掏出一把钱，抽出一张一块的，丢进老妇人的茶缸里去了。老妇人这才抬起头来，但很快又把头磕下去，说：“好人一路平安，好人一路平安……”宋金明走到那个抱孩子的年轻女人面前，一下子往茶缸里放了两块钱。年轻女人说的话跟老妇人的话是一个模子，也是“好人一路平安”。

跟在宋金明身后的目标想跟宋金明学习，也给乞丐舍点儿钱，但他的手在口袋里摸索了一会儿，到底没舍得掏出钱来。

唐朝阳看见了宋金明带回的点子，故意装作看不见，只问宋金明买票了没有。

宋金明说：“还没买。这个师傅想跟咱一块儿去干活。”

唐朝阳登时恼了，说：“扯鸡巴淡，什么师傅！我让你去买票，你带回个人来，这个人是能当票用，还是能当车坐？”

宋金明嗫嚅着，做出理亏的样子，解释说：“我跟他说了不行，他还是想见见你。不信你问问他，我说了不行没有？”

点子说：“不能怨这位师傅，他确实说过不行。我一听他说你们准备去矿上干，就想跟你们搭个伴，去矿上看看。”

“怎么，你在矿上干过？”

“干过。”

唐朝阳和宋金明很快地交换了一下眼神，唐朝阳的口气变得稍微缓和些。他要借机把这个点子调查一下，看他都在哪个地方的矿干过，凡是他去过的矿，就不能再去，以免露出破绽，留下隐患。唐朝阳说:“看不出你还是个挖煤的老把式，你都在什么地方干过？”

点子说了两个矿名。

唐朝阳把两个矿名默记一下，又问点子:“这两个矿在哪个省？”

点子说了省名。

调查完毕，唐朝阳还向点子问了一些闲话，比如这两个矿怎么样？能不能挣到钱？点子一一作了回答。这时，唐朝阳还不松口，还在玩欲擒故纵的把戏，他说:“不行呀，我看你岁数太大了，我怕人家不要你。”

点子说 :“我长得老相，显得岁数大。其实我还不到四十岁，连虚岁才三十八。”

唐朝阳没有说话，微笑着摇了摇头。

点子不知是计，顿时沮丧起来。他垂下头，眼皮眨巴着，看样子要把眼睛弄湿。

唐朝阳看出点子在作可怜相，真想在点子面门上来一记直拳，把点子捅一个满脸开花。这种人没别的本事，就会他妈的装装可怜相，让人恶心。这种可怜虫生来就是给人做点子的，留着他有什么用，办一个少一个。唐朝阳已经习惯了从办的角度审视他的点子，这好比屠夫习惯一见到屠杀对象就考虑从哪里下刀一样。这个点子戴一顶单帽子，头发不是很厚，估计一石头下去，能把颅顶砸碎。即使砸不碎，也能砸扁。他还看到了点子颈椎上鼓起的一串算盘子儿一样的骨头，如果用镐把从那儿猛切下去，点子也会一头栽倒，再也爬不起来。不过，在办的过程中，稳准狠都要做到，一点也不能大意。他同时看出来了，这个点子是一个肯下苦力的人，这种人经过长期劳动锻炼，都有一股子笨力，生命力也比较强。对这种人下手，必须一家伙打蒙，使他失去反抗能力，然后再往死里办。要是不能做到一家伙打蒙，事情办起来就不能那么顺利。想到这里，唐朝阳恶毒地笑了，骂了一句说："你要是我哥还差不多，我跟人家说说，人家兴许会收下你。"

宋金明赶紧对点子说："当哥还不容易，快答应当我伙计的哥吧。"

点子见事情有了转机，慌乱不知所措，想答应当哥又不敢应承。

"你到底愿意不愿意当我哥？"唐朝阳问。

"愿意，愿意。"

"那你姓什么？叫什么？"

“姓元，叫元清平。”

“还有姓元的，没听说过。那，老元不就是老鳖吗？”

“是的，是老鳖。”

“要当我的哥，你就不能姓元了。我姓唐，你也得姓唐。”

唐朝阳对宋金明说：“宋老弟，你给我哥起个名字。”

宋金明早就准备好了一串名字，但他颇费思索似地说：“我这位老兄叫唐朝阳，这样吧，你就叫唐朝霞吧。”

唐朝阳说：“什么唐朝霞，怎么跟个娘们儿名字似的。”

宋金明说：“先有朝霞，后有朝阳，他是你哥，叫朝霞怎么不对？”

点子已经认可了，说：“行行，我就叫唐朝霞。”

唐朝阳对宋金明说：“操你妈的，你还挺会起名字，起的名字还有讲头。”他冷不丁地叫了一声：“唐朝霞！”

叫元清平的人一时没反应过来，好像不知道凭空而来的唐朝霞是代表谁，有些愣怔。

“操你妈的！我喊你，你怎么不答应？”

元清平这才愣过神来，“哎哎”地答应了。

“从现在起，那个叫元清平的人已经死了，不存在了，活着的是唐朝霞，记清楚了？”

“记清楚了！”

“哥！”唐朝阳又考验似地喊了一声。

这次改名唐朝霞的人反应过来了，只是他答应得不够气壮，好像还有些羞怯。

唐朝阳认为这还差不多，“这一弄，我们成

了桃园三结义了。”他招呼端盘子的小姑娘，“来，再上两碗羊肉汤，四个烧饼。”

宋金明知道唐朝阳把刚才要的两碗羊肉汤都用了，却明知故问：“你呢？你不吃了？”

唐朝阳说他刚才饿得等不及，已吃过了。这是给他们两个要的。

唐朝霞说他不吃，他刚才吃过饭了。

唐朝阳说：“我们既然成了兄弟，你就不要客气。”

“吃也可以，我是当哥的，应该我花钱，请你们吃。”

唐朝阳又翻下脸子，说：“你有多少钱，都拿出来！”

唐朝霞没有把钱拿出来。

“再跟我外气，就不是我哥，你走你的阳关

道，我钻我的黑煤窑！”

唐朝霞不敢再外气了。从唐朝阳野蛮的亲切里，他感到自己遇上够哥们儿的好人了。他哪里知道，喝了保健羊肉汤，一跟人家走，就算踏上了不归之路。

三

他们三人坐了火车坐汽车，坐火车向北，然后坐长途汽车往西扎，一直扎到深山里。山里有了积雪，到处白茫茫的。这里的小煤窑不少，哪里把山开肠破肚，挖出一些黑东西来，堆在雪地里，哪里就是一座小煤窑。一些拉煤的拖拉机喘着粗气在山区路上爬行。路况不太好，拖拉机东倒西歪，像是随时会翻车。但它们没有一辆翻车的，只撒下一些碎煤，就走远了。山里几乎看不见人，也没什么树木。只能看见用木头搭成的三角井架，和矮趴趴的屋顶上伸出的烟筒。还好，每个烟筒都在徐徐冒烟，传达出屋子里面的一些人气。唐朝阳往来路打量了一下，嫌这里还不够偏远，带着宋金明和唐朝霞继续西行。他胸有成竹的样子，说快到了。他们还拦了一辆拉煤的空拖拉机，爬上了后面的拖斗。司机说："小心把你们冻成肉棍子！"唐朝阳说："冻得越硬越好，用的时候就不用吹气了。"他们又往西走了几十里，唐朝阳选了一处窑口堆煤比较少的煤窑，他们才下了路，向小煤窑走去。接近窑口一侧的房子时，唐朝阳让宋金明和唐朝霞在外面等一会儿，他去找窑主接头。

宋金明和唐朝霞找到屋后一个背风的地方，冻得缩着脖，揣着手，来回乱走。按以往的经验，唐朝霞没几天活头了，顶多不会超过一星期。于是，宋金明就想跟唐朝霞说点儿笑话，让他在有限的日子里活得愉快些。他问："唐朝霞，你老婆长得漂亮吗？"

"不漂亮。"

"怎么不漂亮？"

"大嘴叉子。"

"嘴大了好哇，听人说女人嘴大，下面也大，生孩子利索。你老婆给你生了几个孩子？"

"两个，一个男孩儿，一个女孩儿。"

"男孩儿大女孩儿大？"

"男孩儿大。"

"女孩儿多大了？"

“十四。”

“让你闺女给我当老婆怎么样，我送给她一万块钱当彩礼。”

唐朝霞恼了，指着宋金明说：“你，你……你骂人！”

宋金明乐了，说：“操你大爷，跟你说句笑话你就当真了。我老婆成天价在家里闲着，我还娶你闺女干什么。说实话，我现在最担心的就是我老婆跟别人睡。我问你，你长年在外面跑，你老婆会不会跟别的男人干？”

“不会。”

“你怎么敢肯定不会？”

“我们那儿的男人都出来了。”

“噢，原来是这样，拔了萝卜净剩坑了。哎，你给我写个条，我去找嫂子干一盘怎么样？”

这一次唐朝霞没恼，说："想去你去呗，写条干什么！"

大约有一袋烟的工夫，唐朝阳从窑主屋里出来了，站在门口喊："哥，哥。"

宋金明和唐朝霞赶紧从屋子后面转出来，向唐朝阳走去，这时窑主也从屋里出来了。窑主上身穿着皮夹克，下身穿着皮裤，脚上还穿着深腰皮鞋，从上到下全用其他动物的皮包装起来。窑主的装束全是黑的，鼓鼓囊囊，闪着漆光。有一种食粪的甲虫，浑身上下就是这般华丽。窑主出来并不说话，嘴里咬着一个长长的琥珀色的烟嘴，烟嘴上安着点燃的香烟。唐朝阳把唐朝霞介绍给窑主，说："这是我哥。"

窑主瞥了一眼唐朝霞，没有说话。

唐朝霞往唐朝阳身边贴了贴，说："这是我

弟弟，亲弟弟。”

窑主说：“废话！”

唐朝阳又把宋金明介绍给窑主，说：“他是我们的老乡，跟我们一块儿来的。”

窑主把牙上咬着的烟嘴取下来，弹了一下烟灰，问：“你们真的下过窑？”

三个人都说真的下过。

“最近在哪儿下的？”

唐朝阳说了一个地方。

“为什么不在那儿下了？”窑主问话的声音并不高，但里面透出步步紧逼的威严，仿佛要给外面闯进山里的陌生人来一个下马威。

这当然难不住唐朝阳和宋金明，他们有一整套对付窑主的办法，或者说，他们干的营生就是专门从窑主口袋里挖钱，对每一个装腔作势的窑主，他们都从心里发出讥笑。但他们表面上装得很谦卑，甚至有些猥琐，跟没见过任何世面的土包子一样。唐朝霞就是这种样子。不过，他的样子不是装出来的，是真的。他已经被窑主的威严吓住了。

唐朝阳答："那个矿冒了顶，砸死了两个人。"

窑主说："死两个人算什么！吃饭就要拉屎，开矿就要死人，怕死就别到窑上来！"

唐朝阳连连点头称是。他确实很赞成窑主的观点，心里说："你狗日的说得真对，老子就是来给你送死人的，你等着吧！"

宋金明补充说："按说死两个人是不算什么，可是，死人的事不知怎么走漏了消息，上面的人坐着小包车到那个矿上一看，马上宣布停产整顿。"

窑主不爱听这个，他的手挥了一下，说："整顿个蛋，再整顿也挡不住死人！"

宋金明还有话要说，这些话都是经过他精心构思的，是经过实践证明行之有效的。他把这些话说出来，是要刺激一下窑主，让窑主把信息储存在脑子里。这样，就等于为下一步和窑主讲条件时埋下了伏笔，到时他把伏笔稍微利用一下，窑主就得小心着，他就可以牵着窑主的鼻子走。他说："我们在那里等了几天，想跟矿主算一下账。干等长等也见不到矿主的面。后来才知道，矿主已被人家上面的人……"

窑主打断了宋金明的话。他果然受到了刺激，有些存不住气，说："咱丑话说在前面，我也不能保证我这个矿不死人。有句话说得好，要奋斗就会有牺牲，死人的事是经常发生的。当然了，谁开矿也不希望死人。这样吧，你们干两天我看看。我说行，你们就接着干。我看着不是那么回事，你们马上卷铺盖走人。这两天先不发钱，算是试工。按说我应该收你们的试工费，看你们都是远地方来的，挣点儿钱不容易，试工费就免了。”

三个人连说："谢谢矿主"。

下窑第一天，唐朝阳和宋金明没有动手消灭代号为唐朝霞的点子，他们把力气暂时用在消灭煤炭上了。他们一到窑底，就起了杀人的心，就想把点子办掉。但窑主要试工，他们就得先忍着。等试工结束，窑主签下一份使用他们的字据，再把点子办掉，窑主就赖不掉账了。唐朝阳和宋金明不时地交换一下眼色，他们的眼睛在黑暗里仍闪闪发光。在他们看来，窑底下太适合杀人了，简直就是天然的杀人场所。把矿灯一熄，窑底下漆黑一团，比最黑暗的夜都黑，在这里出手杀个把人，谁都看不见。别说人看不见，窑底下没有神，没有鬼，离天和地也很远，杀了人可以说神不知，鬼不知，天不知，地不知。就算杀人时会发出一些钝声，被杀者也许会呻吟，但窑底和上面的人间隔着千层岩万仞山，谁会听得见呢！窑底是沉闷的，充满着让人昏昏欲睡的腐朽和死亡气息，人一来到这里，像服用了某种麻醉剂一样，杀人者和被杀者都变得有些麻木。不像在地面的光天化日之下，杀一个人轻易就被渲染成了不得的大事。更主要的是，窑底自然灾害很多，事故频繁，时常有人竖着进来，横着出去。在窑底杀了人，很容易就可以说成天杀，而不是人杀。唐朝阳和宋金明以前就是这么干的，他们很好地利用了窑底下的自然条件，把杀人夺命的事毫无保留地推给了窑下的压力、石头，或木头梁柱。这一次，他们也准备照此办理。

他们三个包了一个采煤掌子，打眼，放炮，用镐刨，把煤放下来，然后支棚子。他们三个人都很能干。特别是唐朝霞，定是为了表现一下自己，以赢得两个伙伴的信任，他冲在放煤前沿，干得满头大汗，一会儿都不闲着。如果单从干活的角度看，点子唐朝霞的确算得上一位挖煤的好把式。可是，挖出的煤再多，卖的钱都让窑主得了，他们才能挣多少一点钱呢！宋金明在心里对他们的点子说，对不起，只好借你的命用用。

负责往外运煤的是另外两个窑工，他们领来一辆骡子拉着的带胶皮轱辘的铁斗子车，装满一车，就向窑口底部拉去。把煤卸在那里，返回来再装再拉。每当空车返回来时，唐朝霞就抄起一张大锨，帮人家装车。当着运煤工的面，唐朝阳愿意表现一下对唐朝霞的亲情，他夺过唐朝霞手中的大锨，说："哥，你歇会儿，我来装。"手中没有了大锨，唐朝霞仍不闲着，用双手搬起大些的煤块往车上扔。唐朝阳对哥的爱护进一步升级，他以生气的口气说："哥，哥，你歇一会儿行不行？你一会儿不磨手，手上也不会长牙！"唐朝霞以为唐朝阳真的在爱护他，也承认唐朝阳是他弟弟，说："老弟，你放心，累不着你哥。"

这一天，全窑比平常日子多出了好几吨煤，窑主感到满意。

第二天，唐朝阳和宋金明仍没有打死点子。兄弟和哥哥的关系似乎更亲密了。窑主到他们所在的采煤掌子悄悄观察时，唐朝阳仿佛长着第三只眼睛，窑主往掌子边一站，他就知道了。但他装作什么也不知道，只是不离唐朝霞身边，左一个哥右一个哥地叫。唐朝霞正用一只铁镐刨煤帮，他一把将唐朝霞拖开了，说："哥，小心片帮！"他夺住哥手中的铁镐，要自己去刨。哥不松铁镐，说："兄弟，没事儿，片不了帮！"兄弟说："没事儿也不行，万一出点儿事就晚了。咱爹对咱们是咋说的，说钱挣多挣少没关系，千万要注意安全！"兄弟一提"咱爹"，当哥的也得随着往"咱爹"上想。当哥的爹已经死了，眼下要重新认一个"咱爹"，他脑子里还得转一个弯子。他转弯子时，手稍有放松，他的好兄弟就把铁镐夺过去了。唐朝阳身手矫健，镐尖刨在煤帮上像雨点一样，而落煤纷纷流泻下来，汇积如雨水。

宋金明心里明镜似的，暗骂唐朝阳真他妈的会演戏，戏越演越熟练了。他的戏演得越熟练，越充满亲情味，点子越死得不明白，窑主也会进到戏里出不来。

窑主说话了："看来你们真在别的矿上干过。"

"是矿主呀，你老人家是不是检查我们的工作来了？"唐朝阳说。

"说不上检查，随便下来看看。什么矿主矿主的，我听着怎么跟称呼地主一样，我姓姚。"

唐朝阳改称他姚矿长。

窑主身边还站着一个人，大概是窑主的随从或保镖一类的人物。窑主到窑下来，牙上还咬着那根琥珀色的长烟嘴，只是烟嘴上没有安烟。窑主把烟嘴取下来指点着他们说："我记住了，你们俩姓唐，是弟兄俩；你姓宋。没错吧？"

"姚矿长真是好记性。怎么样，姚矿长能给我们一碗饭吃吗？"宋金明问。

“吃饭好说，关键是泡妞儿。你们挣那么多钱，泡妞儿不泡？”

对这个突如其来的问题，三个人的反应不尽一致，宋金明的回答是：“不泡，泡不起。”唐朝霞不知没听清还是没听懂，他问：“泡什么？”唐朝阳理解，窑主这是在跟他们说笑话，透露出对他们的认可，愿意跟他们打成一片，他问：“上哪儿泡？”

窑主说：“哪儿不能泡？哪儿有水，哪儿就有妞儿，哪儿能洗脚，哪儿就能泡妞儿。”

唐朝阳说：“妞儿谁不想泡，人生地不熟的，我们不敢哪。”

窑主笑了，说：“那有什么可怕的，见妞儿就泡，替天行道。替天行道你们懂不懂，这是老天爷交给你们的光荣任务。你们要是完不成任务，或者任务完成得不好，老天爷下辈子就把你们的家伙剜掉，把你们变成妞儿，让人家泡你们。”

唐朝阳虚心地说：“姚矿长这么一说，我们就懂了。等姚矿长给我们发了饷，我们争取完成任务。”

唐朝霞像是这才把泡妞儿的话听懂了，他嘿嘿地笑着，显得很开心。

这天上了窑，窑主就让人通知他们，试工结束，他们可以在本矿干了，多劳多得，实行计件工资。工资一月一发。希望他们春节期间也不要回家，春节期间工资翻倍。

宋金明和唐朝阳找到窑主，问能不能签一个正式的用工合同。

窑主说：“签什么合同，我这里从来不兴签

那玩意儿。石头凿的煤窑，流水的窑工。想在我这儿挣钱，就挣。不想挣了，自有人挤着脑袋来挣。”

两人只好作罢。

四

事情不宜再拖，第四天，唐朝阳和宋金明作出决定，在当天把他们领来的点子在窑下办掉。

唐朝阳和宋金明都听说过，不管哪朝哪代，官家在处死犯人之前，都要优待犯人一下，让犯人吃一顿好吃的，或给犯人一碗酒喝。依此类推，他们也要请唐朝霞吃喝一顿，好让唐朝霞酒足饭饱地上路。这种送别仪式是在第三天晚上从窑下出来时举行的。他们三个人，乘坐一个往上拉煤的敞口大铁罐从窑底吊上来时，上面正下大雪。冬日天短，他们每天上窑，天都黑透了。今天快升到窑口时，觉得上头有些发白，以为天还没黑透呢。等雪花落在脖子里和脸上，他们才知道下大雪了。宋金明说：“下雪天容易想家，咱们喝点儿酒吧。”

唐朝阳马上同意：“好，喝点儿酒，庆贺一下咱们顺利留下来做工的事儿。咱先说好，今天喝酒我花钱，我请我哥，宋老弟陪着。你们要是不让我花钱，这个酒我就不喝。”

不料唐朝霞坚持他要花钱，他的别劲上来了，说：“要是不让我花钱，我一滴子酒都不尝。我是当哥的，老是让兄弟请我，我还算个人吗？”

他说得有些激动，好像还咬了牙，表明他花钱的决心。

唐朝阳看了宋金明一眼，作出让步似地说：“好好好，今天就让我哥请。长兄比父，我还得听我哥的。反正手心手背都是肉，我弟兄俩谁花钱都一样。”

他们没有洗澡，带着满身满头满脸的煤粉子，就向离窑口不远的小饭馆走去。窑上没有食堂，窑工们都是在独此一家的小饭馆里吃饭。小饭馆是当地一家三口人开的，夫妻俩带着一个女儿，据说小饭馆的女老板是窑主的亲戚。等走到小饭馆门口，他们全身上下就不黑了，雪粉覆盖了煤粉，黑人变成了白人。女老板热情地迎上去，递给他们扫把，让他们扫身上的雪。雪一扫去，他们又成了黑人，只是眼白和牙齿还是白的。唐朝阳让唐朝霞点菜。唐朝霞说他不会点。唐朝阳点了一份猪肉炖粉条，一份白菜煮豆腐，一份拆骨羊头肉，还要了一瓶白酒。唐朝霞让唐朝阳多点几个菜，说吃饱喝饱不想家。点好了菜，唐朝霞说他去趟厕所，出去了。宋金明估计，唐朝霞一定是借上厕所之机，从身上掏钱去了，他的钱不是缝在裤衩上，就是藏在鞋里。宋金明没把他的估计跟唐朝阳说破。

宋金明估计得不错，唐朝霞到屋后的厕所撒了一泡尿，就蹲下身子，把一只鞋脱下来了。鞋舌头是撕开的，里面夹着一个小塑料口袋。唐朝霞从塑料口袋里剥出两张钱来，又把钱口袋塞进棉鞋舌头里去了。

菜上来了，酒倒好了，唐朝霞说喝吧，那俩人却不端杯子。唐朝阳看着唐朝霞说："你是当哥的，今天又是你花钱，你不喝谁敢喝。”宋金明附和唐朝阳说：“你是朝阳的哥，就等于是我的哥，千里来走窑，这是咱们的缘分哪！大哥，你说两句吧。”

唐朝霞眨巴眨巴黑脸上的眼白，吭哧了一会儿才说：“我不会说话呀，我说啥呢，你们两个都是好人，我遇上好人了，天底下还是好人多呀。从今以后，咱弟兄们同甘苦，共患难，来，咱们一块儿喝，喝起。”唐朝霞把一杯酒喝干了，摇摇头，说他不会喝酒，喝两杯就上头。

唐朝阳和宋金明计划好了要“优待”他们的点子一下，用酒肉给点子送行，他们当然不会放过点子唐朝霞。于是，这两个笑容满面的恶魔，轮番把点子喊成大哥，轮番向点子敬酒。等不到明天这个时候，他们的点子就该上西天去了，他们已提前看到了这一点。在敬酒的时候，他们话后面都有话，像是对活人说的，又像对死人的魂灵说的。一个说："大哥，我敬你一杯，喝了这杯你就舒服了。"另一个说："大哥，我敬你一杯，喝了这杯，你就能睡个踏实觉，就不想家了。"一个说："大哥，我再敬你一杯，喝了这杯，我有什么做得不对的地方，你就可以原谅我了。"另一个说："大哥，我再敬你一杯，我祝你早日脱离苦海，早日成仙。"唐朝霞的舌头已经发硬，他说："喝，死……死我也要喝……"唐朝霞提到了死，跟那两个人心中的阴谋对了路，两个人不免吃了一惊，互相看了一下。

唐朝阳突然抱住唐朝霞的一只手，很动感情地对唐朝霞说："哥，哥，我对你照顾得不好，我对不起你呀！"

唐朝霞大概受到了感染，加上他喝多了酒，真把唐朝阳当成自己一娘同胞的亲兄弟了，他说：“兄弟，我看你是喝多了，不是兄弟你对不起哥，是哥对你照顾不周，对不起你呀！”唐朝霞说着，两眼竟流出了泪水。泪水把眼圈的煤粉冲洗掉了，眼肉显得特别红。

女老板和女儿见他们说着外乡话，交谈得这么动感情，站在灶间门里向他们看着。女老板对女儿说：“这弟兄俩真够亲的。”

唐朝阳和宋金明把唐朝霞架着拖进作宿舍用的一眼土窑洞里，唐朝霞往铺着谷草垫子的地铺上一瘫软，就睡去了。雪停了，灰白的寒光一阵阵映进窑洞。唐朝阳也睡了。宋金明担心唐朝霞因用酒过度会死过去，那样，他们千里迢迢弄来的点子就作废了，他们就会空喜欢一场。他把点子的脸扭得迎着门口的雪光，用巴掌拍着点子死灰般的脸，说："哎，哥们儿，醒醒，起来脱了衣服睡，你这样会着凉的。"点子没有反应。他又把点子看了看，看到了点子脚上穿着的棉鞋。他心生一计，脱下点子的棉鞋试一试，看看点子的钱是不是藏在棉鞋里。他先给点子盖上被子，说："盖上被子睡。来，我帮你把鞋脱掉。"他两手抓住点子的一只鞋刚要往下脱，点子脚一蹬，把他蹬开了。点子嘴里还含糊不清地说了一句什么。宋金明顿时有些激动，他试出来了，点子没有死。更重要的是，点子的钱藏在鞋里是毫无疑问的了。这个秘密他不能让唐朝阳知道，等把点子办掉后，他要见机把点子藏在鞋里的钱取出来，自己独得。这时，唐朝阳说了一句话，唐朝阳说："睡吧，没事儿。"宋金明的一切念头正在鞋里，唐朝阳猛地一说话，把他吓了一跳。在那一瞬间，他产生了一点错觉，仿佛他正从鞋里往外掏钱，被唐朝阳看见了。为了赶走错觉，他问唐朝阳："你还没睡着吗？"唐朝阳没有吭声。他不能断定，刚才唐朝阳说的是梦话，还是清醒的话。也许唐朝阳在睡梦里，还对他睁着一只眼呢，他对这个阴险而歹毒的家伙还要多加小心才是。

说来他们把点子办掉的过程很简单，从点子还是一个能打能冲的大活人，到办得一口气不剩，最多不过五分钟时间，称得上干脆，利索。

人世间的许多事情都是这样，准备和铺垫花的时间长，费的心机多，结果往往就那么一两下子就完事儿了。十月怀胎，一朝分娩，说的就是这个意思。

在打死点子之前，他们都闷着头干活，彼此

之间说话很少。唐朝阳没有再和生命将要走到尽头的点子表示过多的亲热，没有像亲人即将离去时做的那样，问亲人还有什么话要说。他把手里的镐头已经握紧了，对唐朝霞的头颅瞥了一次又一次。在局外人看来，他们三个哥们儿昨晚把酒喝兴奋了，今天就难免有些压抑和郁闷，这属于正常。

宋金明还是想把心情放松一下，他冒出了一句与办掉点子无关的话，说："我真想逮个女人操一盘！"

前面说过，唐朝阳和宋金明的配合是相当默契的，唐朝阳马上理解了宋金明的用意，配合说："想操女人，想得美！我在煤墙上给你打个眼，你干脆操煤墙得了。要不这么着也行，一会儿等运煤的车过来了，咱瞅瞅拉车的骡子是公还是母，要是母骡子的话，我和我哥把你送进骡子的水门里得了！”

宋金明说：“行，我同意，谁要不送，谁就是骡子操的。”

俩人一边说笑，一边观察点子，看点子唐朝霞笑不笑。唐朝霞没有笑。今天的唐朝霞，情绪不大对劲，像是有些焦躁。唐朝阳打了一个眼，他竟敢指责唐朝阳把眼打高了，说那样会把天顶的石头崩下来。唐朝阳当然不听他那一套，问他：“是你技术高还是我技术高？”

唐朝霞倔头倔脸，说：“好好，我不管，弄冒顶了你就不能了。”

“我就是要弄冒顶，砸死你！”唐朝阳说。

宋金明没料到会出现这种局面，唐朝阳这样说话，不是等于露馅了吗！他喝住唐朝阳，质问他："你怎么说话呢？有对自己的哥哥这样说话的吗？你说话知道不知道轻重？不像话！"

唐朝霞赌气退到一边站着去了，嘴里嘟囔着说："砸死我，我不活，行了吧！"

唐朝阳的杀机被点子的话提前激出来了，他向宋金明递了个眼色，意思是他马上就动手。他把铁镐在地上拖着，在向点子身边接近。

宋金明制止了他，宋金明说："运煤的车来了。"

唐朝阳听了听，巷道里果然传来了骡子打了铁掌的蹄子踏在地上的声响。亏得宋金明清醒，在办理点子的过程中，要是被运煤的撞见就坏事了。

运煤的车进来后，唐朝霞就不赌气了，抄起大锨帮人家装煤。这是这个人的优点，跟人赌气，不跟活儿赌气，不管怎样生气也不影响干活儿。如此肯干的好劳动力，撞在两个黑了心的人手里，真是可惜了。

骡子的蹄声一消失，两个人就下手了。宋金明装着无意之中把点子头上戴的安全帽和矿灯碰落了。他这是在给唐朝阳创造条件，以便唐朝阳直接把镐头击打在点子脑袋上，一家伙把点子结果掉。唐朝阳心领神会，不失时机，趁点子弯腰低头拣安全帽，他镐起镐落，一下子击在点子的侧后脑上。他用的不是镐尖，镐尖容易穿成尖锐的伤口，使人怀疑是他杀。他把镐头翻过来，使用镐头的铁库子部分，将镐头变成一把铁锤，这样怎样击打出现的都是钝伤，都可以把责任推给不会说话的石头。当铁镐与点子的头颅接触时，头颅发出的是一声闷响，一点儿也不好听。人们形容一些脑子不开窍的人，说闷得敲不响，大概就是指这种声音。别看声音不响亮，效果却很好，点子一头拱在煤窝里了。

点子唐朝霞没有喊叫，也没有发出呻吟，他无声无息地就把嘴巴啃在他刚才刨出的黑煤上了。他尽力想把脸侧转过来，看一看究竟发生了什么事，但他的努力失败了。他的脸像被焊在煤窝里一样，怎么也转不动。还有他的腿，大概想往前爬，但他一蹬，脚尖那儿就一滑。他的腿也帮不上他的忙了。

紧接着，唐朝阳在他“哥哥”头上补充似的击打了第二镐，第三镐，第四镐。当唐朝阳打下第二镐时，唐朝霞竟反弹似的往前蹿了一下，蹿得有一尺多远，可把唐朝阳和宋金明吓坏了。不过他们很快发现，这不过是唐朝霞最后的挣扎，连第三镐、第四镐都是多余。因为唐朝霞在蹿过之后，腿杆子就抖索着往直里伸，当直得不能再直，突然间就不动了。正如平常人们说的，他已经“蹬腿”了。

尽管如此，宋金明还是搬起一块石头，重重地砸在唐朝霞头上了。这一石头，他是在为自己着想，是为下一步的效益平均分配打下更坚实的基础。石头砸下去后，就压在唐朝霞头上没有弹起来。有血从石头底下流出来了，静静地，流得不紧不慢，看样子血的浓度不低。血的颜色一点儿也不鲜艳，看上去不像是红的，像是黑的。在矿灯的照耀下，血流的表面发出一层蓝幽幽的光。在不通风的采煤掌子里，一股腥气迅速弥漫开来。

唐朝阳和宋金明对视了一下，脸上露出胜利的微笑。

这是他们联手办掉的第三个点子。

不知出于何种心理，宋金明上去把压在唐朝霞后脑上的石头用脚蹬开了，并把唐朝霞的身子翻转过来。刚把唐朝霞的身子翻得仰面朝上，宋金明就有些后悔，他看见，唐朝霞的双眼是睁着的，睁得比平时要大。他说："看什么看，再看你也不认识我们。"他抓起煤面子往唐朝霞两只眼睛上撒。奇怪，煤面子撒在唐朝霞眼上，唐朝霞的眼睛不光眨都不眨，好像睁得更大了。唐朝霞的眼球上好像有一层玻璃质，煤面子一落上去就自动滑脱了。无奈，宋金明只得又把唐朝霞翻得眼睛朝下。

这时，唐朝阳跟宋金明开了一个不合时宜的玩笑，他说："我哥记住你了，小心我哥到阴间跟你算账！"

宋金明骂了唐朝阳一句狠的，还说："闭上你那不长牙的竖嘴！"

为了使事情显得更逼真，他们又往顶板上轰了一炮，轰下许多石头来，让石头埋在唐朝霞身上。这样一来，不管让谁看，都得承认唐朝霞是死于冒顶事故。

五

运煤的车返回来后，唐朝阳刚听到一点儿骡子的蹄声，就嘶喊起来："哥，哥，你在哪儿呀？……"

宋金明迎着运煤的车跑过去，说："快快，掌子面冒顶了，唐朝阳的哥哥埋进去了！"

两个运煤的窑工二话没说，丢下骡子车，让

骡子自己拉着走，他们跑着，随宋金明到掌子面去了。

唐朝阳一边扒石头，一边哭喊："哥，哥，你千万别出事！哥，哥，你听见了吗？你一定要挺住！"

宋金明和两个运煤的窑工也扑上去帮着扒。其中一个窑工安慰唐朝阳说："别哭别哭，你哥哥兴许还有救。"

骡子自己拉着铁斗子车到掌子面来了，到了掌子面它就站下了。骡子似乎对人类的小伎俩早就看透了，它不愿多看，也不屑于看。它目光平静，一副超然的神态。

唐朝霞被扒出来了，唐朝阳把他扶得坐起来，晃着他的膀子喊："哥，你醒醒！哥，你说话呀！哥，我是朝阳，我是你弟弟朝阳呀……"

这趟车没有装煤，他们把喊不应的唐朝霞抬到车斗子里，由唐朝阳怀抱着，向窑口方向拉去。把唐朝霞放进铁罐里往地面上提升时，唐朝阳和宋金明都同时上去了。铁罐提到半道，宋金明捅了唐朝阳的肚子一下，提醒他注意流眼泪。唐朝阳说："去你妈的，你还怪舒服呢！"

铁罐一见天光，唐朝阳复又哭喊起来，他这次喊的是"救命啊，快救命——"在窑上的人听来，像是唐朝阳自己的生命受到了严重威胁。

窑主听见呼救跑过去了，问怎么回事。窑主并不显得十分慌张，手里还拿着烟嘴和烟。

宋金明从铁罐里翻出来了，唐朝阳搂抱着唐朝霞的脖子，一时还没出来。唐朝阳弄得满身是血，脸上也有血。在光天化日之下，血显得比较红了。唐朝阳没有立即回答窑主的问话，而是把唐朝霞搂得更紧些，哭着对唐朝霞说话："哥，你醒醒，矿长来了，救命恩人来了！"他这才对矿长说："我哥受伤了，赶快把我哥送医院，救救我哥的命！"

窑主转向问宋金明怎么回事。

宋金明受冻不过似的全身哆嗦着，嘴唇子苍白得无一点儿血色，说："掌子面冒顶了，把唐朝霞埋进去了。我和唐朝阳，还有两个运煤工，扒了好大一会儿才把唐朝霞扒出来。我们是一块儿出来的，要是唐朝霞有个好歹，我们怎么办呢！"他声音颤抖着，流出了眼泪。

唐朝阳和宋金明是交叉感染，互相推动。见宋金明流了眼泪，唐朝阳作悲作得更大些，"哥，哥呀，你这是怎么啦？你千万不能走呀！你赶快回来，咱们回去过年，咱不在这儿干了……"他痛哭失声，眼泪流得一塌糊涂。

听见哭声，窑上的其他工作人员，在窑洞里睡觉的窑工，还有小饭馆的一家人，都跑过来了。窑主让人快拿副担架来，把受伤的人抬出来，放到担架上。他挥着手，让别的人都散开，该干什么干什么，这里没什么可看的。围观的人都没有散开，他们退后了一两步，又都站下了。

唐朝霞被放置在担架上之后，唐朝阳还是嚷着赶快把他哥送医院抢救。一个围观的人说："不行了，肯定没救了，头都砸得瘪进去了，再抢救也是白搭。"

小饭馆的女老板看见唐朝霞大睁着的眼睛，吓得惊叫一声，急忙掩口，说："哎呀，吓死我了，还不赶快把他的眼皮给他合上。"

窑主猛吸了两口烟，蹲下身子，颇为内行似

的给唐朝霞把脉，同时看了看唐朝霞的眼睛。把完脉，看完眼睛，窑主站起来了，说："脉搏一点儿也没有了，瞳孔也放大了，看来人是不行了。"窑主叫两个人把死者抬到澡堂后面那间小屋里去。

唐朝阳像是不同意窑主作出的结论，哭嚷着："不，不，我哥昨天还好好的，我们还一块儿喝酒，怎么说不行就不行了呢？"

窑主说："这要问你们自己，你们说自己技术多么高，结果怎么样？刚干几天就冒了顶，就给我捅了这么大的娄子。"

唐朝阳和宋金明都听见了，窑主把他们的说法接过去了，也说事故是冒顶造成的。这说明，他们已经初步把自以为是的窑主蒙住了，窑主没有怀疑唐朝霞的死因。这使他们甚感欣慰和踏实。

宋金明把冒顶的说法又强调了一下，他说：“谁愿意让冒顶呢，谁也不愿意让冒顶。矿长对我们不错，我们正想好好干下去，谁想到会出这么大的事儿呢！”

澡堂后面的小屋是一间空屋，是专门停尸用的，类似医院的太平间。唐朝霞被放在停尸间后，那些围观的人也跟过去了。窑主发了脾气，说："你们谁他妈的不走，我就把谁关进小屋里去，让谁在这里守灵！”那些人这才退走了。

小屋有门无窗，屋前屋后都是雪。门是板皮钉成的，发黑的板皮上写着两个粉笔字：天堂。门口下面也积有一些雪。小屋够冷的，跟冰窖也差不多，尸体在这里放几天不成问题。

窑主让一个上岁数的人把死者的眼睛处理一下，帮死者把眼皮合上。那人把两只手掌合在一起快速地搓，手掌搓热后，分别捂在死者的两只眼睛上暖，估计暖得差不多了，就用手掌往下抿死者的眼皮。那人暖了两次，抿了两次，都没能把死者的眼皮合上。

唐朝阳借机又哭："我哥这是挂念家里亲人，挂念俺爹俺娘，挂念俺嫂子，还有侄子侄女儿。我哥他死得太惨了，他这是死不瞑目啊！"他对宋金明说："你快去找地方打个电报，叫我爹来，我嫂子来，我侄子也来。天哪，我怎么跟家里人交代，我真该死啊！"

宋金明答应找地方去打电报，低着头出去了。他没看窑主，他知道窑主会跟在他后面出来的。果然，他刚转过小屋的屋角，窑主就跟出来了，窑主问他准备去哪里打电报。宋金明说他也不知道。窑主说只有到县城才能打电报，县城离这里四十多里呢！宋金明向窑主提了一个要求，矿上能不能派人骑摩托车把他送到县城去。他看见一个大型的红摩托天天停在窑主办公室门口。窑主没有明确拒绝他的要求，只是说：“哎，咱们能不能商量一下。你看有必要让他们家来那么多人吗？”窑主让宋金明到他办公室去了。

宋金明心里明白，他们和窑主关于赔偿金的谈判已正式拉开了序幕，谈判的每一个环节都关系到所得赔偿金的多寡，所以每一句话都要斟酌。他把注意力重新集中了一下，说：“我理解唐朝阳的心情，他主要是想让家里亲人看他哥最后一眼。”

窑主还没记清死者的名字叫什么，问：“唐朝阳的哥哥叫什么来着？”

“唐朝霞。”

“唐朝阳作为唐朝霞的亲弟弟，完全可以代表唐朝霞的亲属处理后事，你说呢？”

“这个事情你别问我，人命关天的事儿，我说什么都不算，你只能去问唐朝阳。”

说话唐朝阳满脸怒气地进来了，指责宋金明为什么还不快去打电报。

宋金明说：“我现在就去。路太远，我想让矿长派摩托车送送我。”

“坐什么摩托，矿长的摩托能是你随便坐的吗？你走着去，我看也走不大你的脚。你还讲不讲老乡的关系，死的不是你亲哥，是不是？”

窑主两手扶了扶唐朝阳的膀子，让唐朝阳坐。唐朝阳不坐。窑主说:“小唐，你不要太激动，听我说几句好不好。你的痛苦心情我能理解，这事搁在谁头上都是一样。事故出在本矿，我也感到很痛心。可是，事情已经出了，咱们光悲痛也不是办法，总得想办法尽快处理一下才是。我想，你既然是唐朝霞的亲弟弟，完全可以代表你们家来处理这件事情。我不是反对你们家其他成员来，你想想，这大冷的天，这么远的路，又快过年了，让你父亲、嫂子来合适吗？再累着冻着他们就不好了。”

唐朝阳当然不会让唐朝霞家里的人来，他连唐朝霞的家具体在哪乡哪村还说不清呢。但这个姿态要做足，在程序上不能违背人之常情。同时，他要拿召集家属前来的事吓唬窑主，给窑主施加压力。他早就把一些窑主的心思吃透了，窑上死了人，他们最怕张扬，最怕把事情闹大。你越是张扬，他们越是捂着盖着。你越是要把事情闹大，他越是害怕，急于把大事化小，小事化了。别看窑主一个个牛气哄哄的，你牵准了他的牛鼻子，他就牛气不起来，就得老老实实跟你走。更重要的是，他们这一闹腾，窑主一跟着他们的思路走，就顾不上深究事故本身的细节了。唐朝阳说：“我又没经过这么大的事儿，不让我爹我嫂子来怎么办呢？还有我侄子，他要是跟我要他爹，我这个当叔的怎么说？”唐朝阳又提出一个更厉害的方案，说：“不然的话，让我们村的支书来也行。”

窑主当即拒绝：“支书跟这事儿没关系，他来算怎么回事，我从来不认识什么支书不支书！”窑主懂，只要支书一来，就会带一帮子人来，就会说代表一级组织如何如何。不管组织大小，凡事一沾组织，事情就麻烦了。窑主对唐朝阳说：“这事儿你想过没有，你们那里来的人越多，花的路费越多，住宿费、招待费开销越大，这些费用最后都要从抚恤金里面扣除，这样七扣八扣，你们家得的抚恤金就少了。”

唐朝阳说：“我不管这费那费，我只管我哥的命。我哥的命一百万也买不来。我得对得起我哥！”

“你要这么说，咱就不好谈了！”窑主把吸了一半的烟从烟嘴上揪下来，扔在地上，踏上一只脚碾碎，自己到门外站着去了。

唐朝阳没再坚持让宋金明去打电报，他又到停尸的小屋哭去了。他哭得声音很大，还把木门拍得山响，“哥，哥呀，我也不活了，我跟你走。下一辈子，咱俩还做弟兄……”

窑主又回到屋里去了，让宋金明去征求一下唐朝阳的意思，看唐朝阳希望得到多少抚恤金。宋金明去了一会儿，回来对窑主说，唐朝阳希望得到六万。窑主一听就皱起了眉头，说：“不可能，根本不可能，简直是开玩笑，干脆把我的矿全端给他算了。哎，你跟唐朝阳关系怎样？”

“我们是老乡，离得不太远。我们是一块儿出来的。唐朝阳这人挺老实的，说话办事儿直来直去。他哥更老实。他爹怕他哥在外边受人欺负，就让他哥俩一块儿出来，好互相有个照应。”

“你跟唐朝阳说一下，我可以给他出到两万，希望他能接受。我的矿不大，效益也不好，出两万已经尽到最大能力了。”

宋金明心里骂道：“去你妈的，两万块就想打发我们，没那么便宜！四万块还差不多。”他答应跟唐朝阳说一下试试。宋金明到停尸屋去了一会儿，回来跟窑主说，唐朝阳退了一步，不要六万了，只要五万块，五万块一分也不能少了。

窑主还是咬住两万块不涨价，说多一分钱也没有。事情谈不下去，宋金明装作站在窑主的立场上，给窑主出了个主意，他说："我看这事干脆让县上煤炭局和劳动局的人来处理算了，有上面来的人压着头，唐朝阳就不会多要了，人家说给多少就是多少。"

窑主把宋金明打量了一下说："要是通过官方处理，唐朝阳连两万也要不到。"

宋金明说："这话不该我说，让上面的人来处理，给唐朝阳多少，他都没脾气。这样你也省心，不用跟他费口舌了。"

宋金明拿出了谈判的经验，轻轻几句话就打中了窑主的痛处。窑主点点头，没说什么。窑主万万不敢让上面的人知道他这里死了人，上面的人要是一来，他就惨了。九月里，他矿上砸死了一个人，不知怎么走漏了消息，让上面的人知道了。小车来了一辆又一辆，人来了一拨又一拨，又是调查，又是开会，又是罚款，又是发通报，可把他吓坏了。电视台的记者也来了，扛着“大口径冲锋枪”乱扫一气，还把“手榴弹”捣在他嘴前，非要让他开口。在哪位来人面前，他都得装孙子。对哪一路神，他都得打点。那次事故处理下来，光现金就花了二十万，还不包括停产造成的损失。临了，县小煤窑整顿办公室的人留下警告性的话，他的矿安全方面如果再出现重大事故，就要封他的窑，炸他的井。警告犹在耳边，这次死人的事若再让上面的人知道，花钱更多不说，恐怕他的矿真得关张了。须知快过年了，人人都在想办法敛钱。县上的有关人员正愁没地方下蛆，他们要是知道这个矿死了人，不争先恐后来个大量繁殖才怪。所以窑主做的第一件事就是封锁消息。他给矿上的亲信开了紧急会议，让他们分头把关，在死人的事情作出处理之前，任何人不许出这个矿，任何人不得与外界的人发生联系。矿上的煤暂不销售，以免外面来拉煤的司机把死人的消息带出去。特别是对唐朝阳和宋金明，要好好“照顾”他们，让他们吃好喝好，一切免费供应。目的是争取尽快和唐朝阳达成协议，让唐朝阳早一天签字，把唐朝阳哥哥的尸体早一天火化。

六

当晚，唐朝阳和宋金明不断看见有人影在窑洞外面晃动，心里十分紧张，大睁着眼，不敢入睡。唐朝阳小声问宋金明："他们不会对咱俩下毒手吧？"宋金明说："敢，无法无天了呢！"宋金明这样说，是给唐朝阳壮胆，也是为自己壮胆，其实他自己也很恐惧。他们可以把别人当点子，一无仇二无冤地把无辜的人打死，窑主干吗不可以一不做二不休地把他们灭掉呢？他们打死点子是为了赚钱，窑主灭掉他们是为了保钱，都是为了钱。他们打死点子，说成是冒顶砸死的。窑主灭掉他们，也可以把他们送到窑底过一趟，也说成是冒顶砸死的。要是那样的话，他们可算是遭到报应了。宋金明起来重新检查了一下门，把门从里面插死。窑洞的门也是用板皮钉成的，中间裂着缝子。门脚下面的空子也很大，兔子样的老鼠可以随便钻来钻去。宋金明想找一件顺手的家伙，作为防身武器。瞅来瞅去，窑洞里只有一些垒地铺用的砖头。他抓起一块整砖放在手边，示意唐朝阳也拿了一块。他们把窑洞里的灯拉灭了，这样等于把他们置于暗处，外面倘有人向窑洞接近，他们透过门缝就可以发现。

果然有人来了，勾起指头敲门。唐朝阳和宋金明顿时警觉起来，宋金明问："谁？"

外面的人说："姚矿长让我给你们送两条烟，请开门。"

他们没有开门，担心这个人是个前哨，等这个人把门骗开，埋伏在门两边的人会一拥而入，把他们灭在黑暗里。宋金明答话："我们已经睡下了，我们晚上不吸烟。"

送烟的人摸索着从门脚下面的空子里把烟塞进窑洞里去了。

宋金明爬过去把塞进去的东西摸了摸，的确是两条烟，不是炸药什么的。

停了一会儿，又过来两个黑影敲门。唐朝阳和宋金明同时抄起了砖头。

敲门的其中一人说话了，竟是女声，说："两位大哥，姚矿长怕你们冷，让我俩给两位大哥送两床褥子来，褥子都是新的，两位大哥铺在身子底下保证软和。”

宋金明不知窑主搞的又是什么名堂，拒绝说：“替我们谢谢姚矿长的关心，我们不冷，不要褥子。”俩人悄悄起来，蹑足走到门后，透过门缝往外瞅，见门外抱褥子站着的果真是两个女人。两个女人都是肥脸，在夜里仍可以看见她们脸上的一层白。

另一个女人说话了，声音更温柔悦耳：“两位大哥，我们姐妹俩知道你们很苦闷，我们来陪你们说说话，给你们散散心，你们想做别的也可以。”

俩人明白了，这是窑主对他们搞美人计来了，单从门缝里扑进来的阵阵香气，他们就知道了两个女人是专门吃男人饭的。要是放她们进来，铺不铺褥子就由不得他们了。宋金明拉了唐朝阳一下，把唐朝阳拉得退回到地铺上，说："你们少来这一套，我们什么都不需要！"

那个说话温柔的女人开始发嗲，一再要求两位大哥开门，说："外面好冷哟，两位大哥怎忍心让我们在外面挨冻呢！"

宋金明扯过唐朝阳的耳朵，对他耳语了几句。唐朝阳突然哭道："哥，你死得好惨哪！哥，你想进来就从门缝里进来吧，咱哥俩还睡一个屋……"

这一招生效，那两个女人逃跑似的离开了窑洞门口。

夜长梦多，看来这个事情得赶快了结。宋金明和唐朝阳商定，明天把要求赔偿抚恤金的数目退到四万，这个数不能再退了。

第二天双方关于抚恤金的谈判有进展，唐朝阳忍痛退到了四万，窑主忍痛涨到了两万五。别看从数目上他们是一个进一个退，实际上他们是逐步接近。好比两个人谈恋爱，接近到一定程度，两个人就可以拥抱了。可他们接近一步难得很，这也正如谈恋爱一样，每接近一步都充满试探和较量。到了四万和两万五的时候，唐朝阳和窑主都坚守自己的阵地，再次形成对峙局面。谈判进展不下去，唐朝阳就求救似的到停尸间去哭诉，例数哥死之后，爹娘谁来养老送终，侄子侄女谁来抚养，等等。工夫下在谈判外，不是谈判，胜似谈判，这是唐朝阳的一贯策略。

第三天，窑主一上来就单独做宋金明的工作，对他俩进行分化瓦解。窑主把宋金明叫成老弟，让“老弟”帮他做做唐朝阳的工作，今后他和宋金明就是朋友了。宋金明问他怎么做。窑主没有回答，却从口袋里掏出一沓钱来，说：“这是一千，老弟拿着买烟抽。”

宋金明本来坐着，一看窑主给他钱，他害怕似的站起来了，说：“姚矿长，这可不行，这钱我万万不敢收，要是唐朝阳知道了，他会骂死我的。不是我替唐朝阳说话，你给他两万五抚恤金是少点儿。你多少再加点儿,我倒可以跟他说说。”

窑主把钱扔在桌子上说：“我给他加点儿是可以，不过加多少跟你也没关系，他不会分给你的，是不是？”

宋金明心里打了个沉，说：“这是他哥的人命钱，就是他分给我，我也不会要。”

他问窑主：“你打算给他加到多少？”

窑主伸出三个手指头，说:“这可是天价了。”

宋金明的样子很为难，说：“这个数离唐朝阳的要求还差一万，我估计唐朝阳不会同意。”

窑主笑了笑，说：“要不怎么请老弟帮我说说话呢，我看老弟是个聪明人，唐朝阳也愿意听你的话。”

窑主这样说，让宋金明吃惊不小，窑主怎么看出他是聪明人呢？怎么看出唐朝阳愿意听他的话呢？难道窑主看出了什么破绽不成？他说：“姚矿长的话我可不敢当，看来我应该离这个事儿远点儿。要不是唐朝阳非要拽着我等他两天，我前天就走了。”

窑主让宋金明坐下，说：“老弟多心了，我不是那个意思。”

宋金明刚坐下，窑主又从口袋里掏出一沓钱，把放在桌子上的钱拿起来合在一块儿，说：“这是两千，算是我付给老弟的受惊费和辛苦费，行了吧。我当然不会让唐朝阳知道，也不会让任何人知道，你放心就是了。”说着，扯过宋金明的衣服口袋，把钱塞进宋金明口袋里去了。

这次宋金明没有拒绝。他在肚子里很快地算了一个账，三万加两千，实际上是三万二。三万他和唐朝阳平均分，每人可得一万五。他多得两千，等于一万七，这样离预定的两万的目标相差不太远了。让他感到格外欣喜的是，这两千块钱是他的意外收获，而唐朝阳连个屁都闻不见。上次他们办掉的一个点子，满打满算一共才得了两万三千块，平均每人才一万多一点儿。这次赚的钱比上次是大大超额了。宋金明已认同了这个数，但他不能说，勉强答应帮窑主到唐朝阳那里做做工作。

宋金明把唐朝阳的工作做通了，唐朝阳只附加了一个要求，火化前给他哥换一身新衣服，穿西装，打领带。窑主答应得很爽快，说：“这没问题。”窑主握了宋金明的手，握得很有力，仿佛他们两个结成了新的同盟，窑主说：“谢谢你呀，宋老弟。”宋金明说：“姚矿长，我们到这里没作出什么贡献，反而给矿上造成了损失，我们对不起你呀！”

窑主骑上他的大红摩托车到县里银行取现金，唐朝阳和宋金明在窑洞里如坐针毡，生怕再出什么变故。窑主是上午走的，直到下午太阳偏西时才回来。窑主像是喝了酒，脸上黑着，满身酒气。窑主对唐朝阳说：“上面为防止年前突击发钱，银行不让取那么多现金。这些钱是我跑了好几个地方跟朋友借来的。”他拿出两捆钱排在桌子上，说:“这是两万。”又拿出一沓散开的钱，说：“这是八千，请你当面点清。”

唐朝阳把钱摸住，问窑主：“不是讲好的三万吗，怎么只给两万八？”

窑主顿时瞪了眼，说：“你这个人讲不讲道理？考虑不考虑实际情况？就这些钱还是我借来的，不就是他妈的短两千块钱吗？怎么着，把我的两根手指头剁下来给你添上吧！”说着看了旁边的宋金明一眼。

宋金明一听就知道上了窑主的当了，窑主先拿两千块钱堵了他的嘴，然后又把两千块钱从总数里扣下来了。这个狗日的窑主，真会算小账。宋金明没说话，他说不出什么。

唐朝阳看宋金明，似乎在征求他的意见。

宋金明在心里骂唐朝阳："你他妈的看我干什么！"他把脸别到一边去了。

唐朝阳从口袋里掏出一团脏污的手绢，展开，把钱包起来了。

火化唐朝霞的时候，唐朝阳和宋金明都跟着去了。他们就手把钱卷进被子里，把被子塞进蛇皮袋子里，带上自己的行李，打算从火葬厂出来，带上唐朝霞的骨灰盒，就直接回老家去了。

唐朝霞的尸体火化之前，火葬厂的工作人员从唐朝霞的口袋里掏出一个透明的小塑料袋，里面放着一张照片。隔着塑料袋看，照片上是四个人，后面是唐朝霞两口子，前面是他们的两个孩子，一个男孩儿，一个女孩儿。唐朝阳把照片收起来了。唐朝霞的衣服被全部换下来了，在地上扔着。宋金明只把一双鞋拣起来了，说这双鞋他带走吧，作个留念。唐朝阳没说什么。

唐朝阳把唐朝霞的骨灰盒放进提包里，他们俩人在这个县城没有稍作停留，当即坐上长途汽车奔另一个县城去了。他们没有到县城下车，像是逃避人们的追捕一样，半路下车了。这里还是山区，他们背着行李向山里走去。在别人看来，他们跟一般打工者没什么两样，他们总是很辛苦，总是在奔波。走到一处报废的矿井旁边，他们看看前后无人，才在一个山洼子里停下了。他们各自坐在自己的行李卷儿上，唐朝阳对宋金明笑笑，宋金明对唐朝阳笑笑。他们笑得有些异样。唐朝阳说："操他妈的，我们又胜利了。"宋金明也承认又胜利了，但他的样子像是有些泄气，打不起精神。唐朝阳问他怎么了。他说："不怎么，这几天精神紧张得很，猛一放松下来，觉得特别累。"

唐朝阳说："这属于正常现象，等见了小姐，你的精神头马上就来了。"宋金明说："但愿吧。"

唐朝阳把唐朝霞的骨灰盒从提包里拿出来了，说："去你妈的，你的任务已经彻底完成了，不用再跟着我们了。"他一下子把骨灰盒扔进井口里去了。这个报废的矿井大概相当深，骨灰盒扔下去,半天才传上来一点落底的微响。这一下，这位真名叫元清平的人算是永远消失了，他的冤魂也许千年万年都无人知晓。唐朝阳把那张全家福的照片也掏出来了撕碎了。撕碎之前，宋金明接过去看了一眼，指着照片上的唐朝霞问："这个人姓什么来着？"唐朝阳说："管他呢！"唐朝阳夺过照片撕碎后，扬手往天上撒了一下。碎片飞得不高，很快就落地了。有两个碎片落在唐朝阳身上了，他有些犯忌似的，赶紧把碎片择下来。

还有一样东西没处理。唐朝阳对宋金明说：“拿出来吧。”

“什么？”

“你是真糊涂还是装糊涂？”

宋金明摇头。

“我看你小子是装糊涂。那双鞋呀！”

这狗娘养的，他一定也知道了唐朝霞的钱藏在鞋里。宋金明说：“操，一双鞋有什么稀罕，你想要就给你，是你哥的遗物嘛。”宋金明从提包里把鞋掏出来了，扔在唐朝阳脚前的地上。

唐朝阳说：“鞋本身是没什么稀罕，我主要想看看鞋里面有多少货。”他拿起一只鞋，伸手就把鞋舌头中间夹藏的一个小塑料袋抽出来了，对宋金明炫耀说：“看见没有，银子在这里面呢！”

宋金明嗤了一下鼻子。

唐朝阳把钱掏出来了，数了数，才二百八十块钱，说："操他奶奶的，才这么一点儿钱，连搞一次破鞋都不够。"他问宋金明："你说，这小子怎么就这么一点儿钱。"

宋金明说："我哪儿知道！"

唐朝阳把钱平均分开，其中一半递给宋金明。宋金明不要，说："这是你哥的钱，你留着自己花吧。"

唐朝阳勃然变色道："你他妈的少来这一套，我不会坏了规矩。"他把一百四十块钱扔进宋金明开着口子的提包里了。"我还纳闷呢，窑主讲好的给咱们三万块，数钱的时候少给两千，这是怎么回事儿？"

这次轮到宋金明恼了，他盯着唐朝阳骂道：

“操你妈的，你这是什么意思？你说，你是什么意思？你不说清什么意思，老子跟你没完！”

唐朝阳涎着脸笑了，说：“你恼什么，我又没说你什么。我是骂窑主个狗日的说话不算话，拉个屎橛子又坐回去半截儿。”

“你还以为窑主是好东西呢，哪个窑主的心肠不是跟煤窑一样，一黑到底！”

坐了汽车坐火车，两天之后，他们来到了平原上的一座小城。按照原来的计划，他们没有急于找新的点子。但他们也没有马上分头回家，着实在城里享乐了几天。他们没有买新衣服，没有进舞厅，也很少大吃大喝。说他们享乐，主要是指他们喜欢嫖娼。住进小城的当天晚上，他俩就在一家宾馆包了一个双人间。宾馆大厅一角，有桑拿浴室、按摩室和美容美发厅，不用问，里面肯定有娼妇。果然，他们进房间刚打开电视，刚在席梦思床上用屁股墩了墩，试了试弹性，就有电话打进来了，问他们要不要小姐。宋金明在电话里问了行情，跟人家讲了价钱，就让两个小姐到房间里来了。宋金明把房间让给了唐朝阳，自己把另一个小姐领进卫生间里去了。他们二话没说，就分头摆开了战场。唐朝阳完事了，给小姐付了钱，还不见宋金明出来。他到卫生间门口听了听，听见里面战事正酣，不免有些嫉妒，说："操他妈的，他们怎么干那么长时间？"小姐说："谁让你那么快呢？"唐朝阳一把将小姐揪起来，要求再干。小姐把小手一伸，说再干还要再付一份钱。唐朝阳与小姐拉扯之间，宋金明从卫生间出来了，唐朝阳只得放开小姐，对宋金明说："你小子可以呀！"

宋金明显得颇为谦虚，说："就那么回事，一般化。"

分头回家时，他俩约定，来年正月二十那天在某个小型火车站见面，到时再一块儿合作做生意。他们握了手，还按照流行的说法，互相道了"好人一生平安"。

七

宋金明又坐了一天多长途汽车，七拐八拐才回到了自己的家。他没有告诉过唐朝阳自己家里的详细地址，也没打听过唐朝阳家的具体地址。干他们这一行的，互相都存有戒心，干什么都不可全交底。其实，连宋金明的名字也是假的。回到村里，他才恢复使用了真名。他姓赵，真名叫赵上河。在村头，有人跟他打招呼："上河回来了？"他答着"回来了，回来过年"，赶紧给人家掏烟。每碰见一位乡亲，他都要给人家掏烟。不知为什么，他心情有些紧张，脸色发白，头上出了一层汗。有人吸着他给的烟，指出他脸色不太好，人也没吃胖。他说："是吗？"头上的汗又加了一层。有个妇女在一旁替他解释说："那是的，上河在外面给人家挖煤，成天价不见太阳，脸捂也捂白了。"

赵上河心里抵触了一下，正要否认在外边给人家挖煤，女儿海燕跑着接他来了。海燕喊着"爹，爹"，把爹手里的提包接过去了。海燕刚上小学，个子还不高。提包提不起来，她就两个手上去，身子后仰，把提包贴在两条腿上往前走。赵上河摸了摸女儿的头，说："海燕又长高了。"海燕回头对爹笑笑。她的豁牙还没长齐，笑得有点儿害羞。赵上河的儿子海成也迎上去接爹。儿子读初中，比女儿力气大些，他接过爹手中的蛇皮袋子装着的铺盖卷儿，很轻松地就提起来了。赵上河说："海成，你小子还没喊我呢！"

儿子不好意思地笑了一下，才说："爹，你回来了？"

赵上河像完成一种仪式似的答道："对，我回来了。有钱没钱，都要回家过年。你娘呢？"赵上河抬头一看，见妻子已站在院门口等他。妻子笑模笑样，两只眼都放出光明来。妻子说："两个孩子这几天一直念叨你，问你怎么还不回来。这不是回来了吗！"

一家来到堂屋里，赵上河打开提包，拿出两个塑料袋，给儿子和女儿分发过年的礼物。他给儿子买了一件黑灰色西装上衣，给女儿买了一件红色的西装上衣。妻子对两个孩子说："快穿上让你爹看看！"儿子和女儿分别把西装穿上了，在爹面前展示。赵上河不禁笑了，他把衣服买大了，儿子女儿穿上都有些松松垮垮，像摇铃一样。特别是女儿的红西装，衣襟下摆长得几乎遮了膝盖，袖子也长得像戏装上的水袖一样。可赵上河的妻子说："我看不赖。你们还长呢，一长个儿穿着就合适了。"

赵上河对妻子说："我还给你买了个小礼物呢。"说着把手伸到提包底部，摸出一个心形的小红盒来。把盒打开，里面的一道红绒布缝里夹着一对小小的金耳环。女儿先看见了，惊喜地说："耳环，耳环！"妻子想把耳环取出一只看看，又不知如何下手，说："你买这么贵的东西干什么，我哪只耳朵称戴这么好的东西。”女儿问：“耳环是金的吗？”赵上河说：“当然是金的，真不溜溜的真金，一点儿都不带假的。”他又对妻子说：“你在家里够辛苦了，家里活儿地里活儿都是你干，还要照顾两个孩子。我想你还从来没戴过金东西呢，就给你买了这对耳环。不算贵，才三百多块钱。”妻子说：“我怕戴不出去，我怕人家说我烧包。”赵上河说：“那怕什么，人家城里的女人金戒指一戴好几个，连脚脖子上都戴着金链子，咱戴对金耳环实在是小意思。”他把一只耳环取出来了，递给妻子，让妻子戴上试试。妻子侧过脸，摸过耳朵，耳环竟穿不进去。她说：“坏了，这还是我当闺女时打的耳朵眼儿，可能长住了。”她把耳环又放回盒子里去了，说：“耳环我放着，等我闺女长大出门子时，给我闺女做嫁妆。”

门外走进来一位面目黑瘦的中年妇女，按岁数儿，赵上河应该管中年妇女叫嫂子。嫂子跟赵上河说了几句话，就提到自己的丈夫赵铁军，问："你在外边看见过铁军吗？"

赵上河摇头说没见过。

"收完麦他就出去了，眼看半年多了，不见人，不见信儿，也不往家里寄一分钱，不知道他死到哪儿去了。"

赵上河对死的说法是敏感的，遂把眉头皱了一下，觉得嫂子这样说话很不吉利。但他没把不吉利指出来，只说："可能过几天就回来了。"

"有人说他发了财，在外面养了小老婆，不要家了，也不要孩子了，准备和小老婆另过。"

"这是瞎说，养小老婆没那么容易。"

"我也不相信呢，就赵铁军那样的，三锥子

扎不出一个屁来，哪有女人会看上他。你看你多好，多知道顾家，早早地就回来了，一家人团团圆圆的。你铁军哥就是窝囊，窝囊人走到哪儿都是窝囊。”

赵上河的妻子跟嫂子说笑话："铁军哥才不窝囊呢，你们家的大瓦房不是铁军哥挣钱盖的？铁军哥才几天没回来，看把你想得那样子。”

嫂子笑了，说："我才不想他呢。”

晚上，赵上河还没打开自己带回的脏污的行李卷，没有急于把挣回的钱给妻子看，先跟妻子睡了一觉。他每次回家，妻子从来不问他挣了多少钱。当他拿出成捆的钱时，妻子高兴之余，总是有些害怕。这次为了不影响妻子的情绪，他没提钱的事，就钻进了妻子为他张开的被窝。妻子的情绪很好，身子贴他贴得很紧实，问他："你在外面跟别的女人睡过吗？”

他说：“睡过呀。”

“真的？”

“当然真的了，一天睡一个，九九八十一天不重样。”

“我不信。”

“不信你摸摸，家伙都磨秃了。”

妻子一摸，他就乐了，说：“放心吧，好东西都给你攒着呢，一点儿都舍不得浪费，来，现在就给你。”

完事后，赵上河长长地叹了一口气，妻子问他怎么了。他说：“哪儿好也不如自己的家好，谁好也比不上自己的老婆好，回到家往老婆身边一睡，心里才算踏实了。”

妻子说：“那，这次回来，就别走了。”

“不走就不走，咱俩天天干。”

“能得你不轻。”

“怎么，你不相信我的能力？”

“相信。行了吧？”

“哎。咱放的钱你看过没有？会不会进潮气？”

“不会吧，包着两层塑料袋呢。”

“还是应该看看。”

赵上河穿件棉袄，光着下身就下床了。他检查了一下屋门是否上死，就动手拉一个荆条编的粮囤，粮囤里还有半囤小麦，他拉了两下没拉动。妻子下来帮他拉。妻子也未及穿裤衩，只披了一件棉袄。粮食囤移开了，赵上河用铁铲子撬起两块整砖，抽出一块木板，把一个盛化肥用的黑塑料袋提溜出来。解开塑料袋口扎着的绳子，从里面拿出一个小瓦罐。小瓦罐里还有一个白色的塑料袋，这个袋子里放的才是钱。钱一共是两捆，一捆一万。赵上河把钱摸了摸，翻转着看看，还用大拇指把钱抿弯，让钱页子自动弹回，听了听钱页子快速叠加发出的声响，才放心了。赵上河说，他有一天做梦，梦见瓦罐里进了水，钱沤成了半罐子糨糊，再一看还生了蛆，把他气得不行。妻子说："你挂念你的钱，做梦就胡连八扯。"

赵上河说："这些钱都是我一个汗珠子掉在地上摔八瓣儿挣来的，我当然挂念。我敢说，我干活流下的汗一百罐子都装不完。"他这才把铺盖卷儿从蛇皮袋子里掏出来了，一边在床上打开铺卷儿，一边说："我这次又带回一点儿钱，跟上两次带回来的差不多。"他把钱拿出来了，一捆子还零半捆子，都是大票子。

妻子一见，“呀”了一下，问：“怎么又挣这么多钱？”

赵上河早就准备好了一套话，说：“我们这次干的是包工活儿，我一天上两个班，挣这点儿钱不算多。有人比我挣的还多呢。”他把新拿回的钱放进塑料袋，一切照原样放好，让妻子帮他把粮食囤拉回原位，才又上床睡了。不知为什么，他身上有些哆嗦，说：“冷，冷……”妻子不哆嗦，妻子搂紧了他，说：“快，我给你暖暖。”

暖了一会儿，妻子说：“听人家说，现在出去打工挣点钱特别难，你怎么能挣这么多钱？”

赵上河推了妻子一下，把妻子推开了，说：“去你妈的，你嫌我挣钱多了？”

“不是嫌你挣钱多，我是怕……”

“怕什么，你怀疑我？”

“怀疑也说不上，我是说，不管钱多钱少，咱一定得走正道。”

“我怎么不走正道了？我在外面辛辛苦苦干活，一不偷，二不抢，三不赌博，四不搞女人，一块钱都舍不得多花，我容易吗？”赵上河大概触到了心底深藏的恐惧和隐痛，竟哭了，“我累死累活图的什么，还不是为了这个家。连老婆都不相信我，我活着还有啥意思！”

妻子见丈夫哭了，顿时慌了手脚，说：“海成他爹，你怎么了？都怨我，我不会说话，惹你伤了心，你想打我就打我吧！”

“我打你干什么！我不是人，我是坏蛋，我不走正道，让雷劈我，龙抓我，行了吧？”他拒绝妻子搂他，拒绝妻子拉他的手，双手捂脸，只是哭。

妻子把半个身子从被窝里斜出来，用手掌给丈夫擦眼泪，说：“海成他爹，别哭了好不好？别让孩子听见了吓着孩子。我相信你，相信你，你说啥就是啥，还不行吗？一家子都指望你，你出门在外，我也是担惊受怕呀！”妻子也哭了。

两口子哭了一会儿，才又重新搂在一起。在黑暗里，他大睁着眼，突然产生了一个念头，做点子的生意到此为止，不能再干了。

第二天，赵上河备了一条烟两瓶酒，去看望村里的支书。支书没讲客气就把烟和酒收下了。支书是位岁数比较大的人，相信村里的人走再远也出不了他的手心，他问赵上河：“这次出去还可以吧？”

赵上河说：“马马虎虎，挣几个过年的小钱儿。”

“别人都没挣着什么钱，你还行，看来你的

技术是高些。”

赵上河知道，支书所说的技术是指他的挖煤技术，他点头承认了。

支书问：“现在外头形势怎么样？听说打闷棍的特别多。”

赵上河心头惊了一下，说：“听说过，没碰见过。”

“那是的，要是让你碰上，你就完了。赵铁军，外出半年多了，连个信儿都没有，我估计够呛，说不定让人家打了闷棍了。”

“这个不好说。”

“出外三分险，害人之心不可有，防人之心不可无，以后你们都得小心点儿。”

赵上河表示记住了。

过大年，起五更，赵上河在给老天爷烧香烧

纸时，在屋当门的硬地上跪得时间长些。他把头磕了又磕，嘴里嘟嘟囔囔，谁也听不清他祷告的是什么。在妻子的示意下，儿子上前去拉他，说：“爹，起来吧。”他的眼泪呼地就下来了，说：“我请老天爷保佑咱们全家平安。”

年初二，那位嫂子又到赵上河家里来了，说：“赵铁军还没回来，我看赵铁军这个人是不在了。”嫂子说了不到三句话，就哭起来了。

赵上河说：“嫂子你不能说这样的话，不能光往坏处想，大过年的，说这样悲观的话多不好。这样吧，我要是再出去的话，帮你打听打听。要是打听到了，让他马上回来。”赵上河断定，赵铁军十有八九被人当点子办了，永远回不来了。因为做这路生意的不光是他和唐朝阳两个人，肯定还有别的人靠做点子发财致富。他和唐朝阳就是靠别人点拨，才吃上这路食的。有一年冬天，他和唐朝阳在一处私家小煤窑干活儿，意外地碰上一位老乡和另外两个人到这家小煤窑找活儿干。他和老乡在小饭馆喝酒，劝老乡不要到这家小煤窑干，累死累活，还挣不到钱。他说窑主坏得很，老是拖着不给工人发工资，他在这里干了快三个月了，一次钱也没拿到，弄得进退两难。老乡大口喝着酒，显得非常有把握。老乡说，一物降一物，他有办法把窑主的钱掏出来。窑主就是把钱串在肋巴骨上，到时候狗日的也得乖乖地把钱取下来。他向老乡请教，问老乡有什么高招，连连向老乡敬酒。老乡要他不要问，只睁大两眼跟着看就行了，多一句嘴别怪老乡不客气。一天晚间在窑下干活时，老乡用镐头把跟他同来的其中一个人打死了，还搬起石头把死者的头砸烂，然后哭着喊着，把打死的人叫成叔叔，说冒顶砸死了人,向窑主诈取抚恤金。跟老乡说的一样，窑主捂着盖着，悄悄地跟老乡进行私了，赔给老乡两万两千块钱。目睹这一特殊生产方式的赵上河和唐朝阳，什么力也没出，老乡却给他们每人分了一千块钱。这件事对赵上河震动极大，可以说给他上了生动的一课。他懂得了，为什么有的人穷，有的人富，原来富起来的人是这么干的。大鱼吃小鱼，小鱼吃蚂虾，蚂虾吃泥巴。这一套话他以前也听说过，只是理解得不太深。通过这件事，他才知道了，自己不过是一只蚂虾，只能吃一吃泥巴。如果连泥巴也不吃，就只能自己变泥巴了。老乡问他怎么样，敢不敢跟老乡一块干。他的脸灰着，说不敢。他是怕老乡换个地方把他也干掉。后来，他和唐朝阳成了一对组合，也学着打起了游击。唐朝阳使用的也是化名，他的真名叫李西民。他们把自己称为地下工作者，每干掉一个点子，每转移到一个新的地方，他们就换一个新的名字。赵上河手上已经有三条人命了。这一点他家埋在地下罐子里那些钱可以作证，那是用三颗破碎的人头换来的。但赵上河可以保证，他打死的没有一个老乡，没有一个熟人。像赵铁军那样的，就是碰在他眼下，他也不会做赵铁军的活儿。这叫兔子不吃窝边草。

嫂子临离开他家时，试着向赵上河提了一个要求："大兄弟，过罢十五，我想让金年跟你一块儿走，一边找点活儿干，一边打听他爹的下落。"

"你千万不要有这样的想法，金年不是正上

学吗，一定让孩子好好上学，上学才是正路。金年上几年级了？”

“高中一年级。”

“一定要支持孩子把学上下来，鼓励孩子考大学。”

“不是怕大兄弟笑话，不行了，上不起了，这一开学又得三四百块，我上哪儿给他弄去。满心指望他爹挣点儿钱回来，钱没挣回来，人也不见影儿了。”

赵上河对妻子说：“把咱家的钱先借给嫂子四百块，孩子上学要紧。”

嫂子说，“不不不，我不是来给你们借钱的。”

赵上河面带不悦，说：“嫂子，这你就太外气了。谁家还不遇上一点儿难事儿？我们总不能眼看着孩子上不起学不管吧？再说钱是借给你们的，等铁军哥拿回钱来，再还给我们不就结了？”

嫂子说：“你们两口子都是好人哪，我让金年过来给你们磕头。”这才把钱接下了。

八

正月十五一过，村上外出打工的人又纷纷背起行囊，潮流一样向汽车站、火车站涌去。赵上河原想着不外出了，但他的魂儿像是被人勾去了一样，在家里坐卧不安。妻子百般安慰他，他反而对妻子发脾气，说家里就那么一点儿地，还不够老婆自己种的，把他拴在家里干什么！最终，赵上河还是随着潮流走了。他拒绝和任何人一路同行，仍是一个人独往独来。有不少人找过他，还有人给他送了礼品，希望能跟他搭伴外出，他都想办法拒绝了。实在拒绝不掉的，他就说今年出去不出去还不一定呢，到时候再说吧。他是半夜里摸黑走的。土路两边的庄稼地里的残雪还没化完，北风冷飕飕的。他就那么顶着风，把行李卷儿和提包用毛巾系起来搭在背上，大步向镇上走去。到了镇上，他也不打算坐公共汽车，准备自己租一个机动三轮车到县城去。正走着，他转过身来，向他的村庄看了一下。村庄黑沉沉的，看不见一点灯光，也听不见一点声息。又往前走时，他问了自己一句："你这是干吗呢？偷偷摸摸的，跟做贼一样。"他自己的回答是："没什么，不是做贼，这样走着清静。"他担心有人听见他的自言自语，就左右乱看，还蹲下身子往路边的一片坟地里观察了一下。他想好了，这次出来不一定再做点子了。做点子挣钱是比挖煤挣钱容易，可万一有个闪失，自己的命就得搭进去。要是唐朝阳实在想做的话，他们顶多再做一个就算了。现在他罐子里存的钱是三万五，等存够五万，就不用存了。有五万块钱保着底子，他就不会像过去一样，上面派下来这钱那钱他都得卖粮食，不至于为孩子的学费求爷告奶奶地到处借。到那时候，他哪儿都不去了，就在家里守着老婆孩子踏踏实实过日子。

赵上河如约来到那个小型火车站，见唐朝阳已在那里等他。唐朝阳等他的地方还是车站广场一侧那家卖保健羊肉汤的敞篷小饭店。年前，他们就是从这里把一个点子领走办掉的。车站客流量很大，他们相信，小饭店的人不会记得他们两个。唐朝阳热情友好地骂了他的大爷，问他怎么才来，是不是又到哪个卫生间玩小姐去了。一个多月不见面，他看见唐朝阳也觉得有些亲切。他骂的是唐朝阳的妹子，说卫生间有一面大玻璃镜，他一下子就把唐朝阳的妹子干到玻璃镜里去了。互相表示亲热完毕，他们开始说正经事。唐朝阳说，他花了十块钱，请一个算卦的先生给他起了一个新名字，叫张敦厚。赵上河说，这名字不错。他念了两遍张敦厚，说"越敦越厚"，把张敦厚记住了。他告诉张敦厚，他也新得了一个名字，叫王明君。

"你知道君是什么意思吗？"

张敦厚说："谁知道你又有什么讲究。"

王明君说："跟你说吧，君就是皇帝，明君

就是开明的皇帝，懂了吧？”

“你小子是想当皇帝呀？“

“想当皇帝怎么着，江山轮流坐，枪杆子里出政权，哪个皇帝的江山不是打出来的？”

“我看你当个黑帝还差不多。”

“这个皇不是那个黄，水平太差，朕只能让你当个下臣。张敦厚！”

“臣在！”张敦厚垂首打了个拱。

“行，像那么回事儿。”王明君遂又端起皇帝架子，命张敦厚：“拿酒来！”

“臣，领旨。”

张敦厚一回头，见一位涂着紫红唇膏的小姐正在一旁站着。小姐微微笑着，及时走上前来，称他们“两位先生”，问他们“用点儿什么”。张敦厚记得，原来在这儿端盘子服务的是一个黄毛小姑娘，说换就换，小姑娘不知到哪儿高就去了。而眼前这位会利用嘴唇作招徕的小姐，显见得是个见过世面的多面手。张敦厚要了两个小菜和四两酒，二人慢慢地喝。其间老板娘出来了一下，目光空空地看了他们一眼，就干别的事情去了。老板娘大概真的把他们忘记了。在车站广场走动的人多是提着和背着铺盖卷儿的打工者，他们像是昆虫界一些急于寻找食物的蚂蚁，东一头西一头乱爬乱碰。这些打工者都是可被利用的点子资源，就算他们每天办掉一个点子，也不会使打工者减少多少。因为这种资源再生性很强，正所谓取之不尽，用之不竭。

有一个单独行走的打工者很快进入他们的视线，他俩交换了一下眼色，张敦厚说："我去看看。"这次轮到张敦厚去钓点子，王明君坐镇守候。

王明君说："你别拉一个女的回来呀！"

张敦厚斜着眼把那个打工者盯紧，小声对王明君说："这次我专门钓一个女扮男装，花木兰那样的，咱们把她用了，再把她办掉，来个一举两得。"

"钓不到花木兰，你不要回来见我。"

张敦厚提上行李卷儿和提包，迂回着向那个打工者接近。春运高峰还没过去，车站的客流量仍然很大。候车室里装不下候车的人，车站方面把一些车次的候车牌插到了车站广场，让人们在那里排队。那个打工者到一个候车牌前仰着脸看上面的字时，张敦厚也装着过去看车牌上的车次，就近把他将要猎取的对象瞥了一眼。张敦厚没有料到，在他瞥那个对象的同时，对象也在瞥他。他没看清对象的目光是怎样瞥过来的，仿佛对象眼睛后面还长着一只眼。他赶紧把目光收回来了。当他第二次拿眼角的余光瞥被他相中的对象时，真怪了，对象又在瞥他。张敦厚感觉出来了，这个对象的目光是很硬的，还有一些凛冽的成分。他心里不由地惊悸了一下，他妈的，难道遇上对手了，这家伙也是来钓点子的？他退后几步站下，刚要想一想这是怎么回事，那个打工者凑过来了，问："老乡，你这是准备去哪儿？"

张敦厚说："去哪儿呢？我也不知道。"

"就你一个人吗？"

张敦厚点点头。他决定来个将计就计，判断一下这个家伙究竟是不是钓点子的，看他钓点子有什么高明之处，不妨跟他比试比试。

"吸棵烟吧。"对象摸出一盒尚未开封的烟，拆开，自己先叼了一棵，用打火机点燃。而后递给张敦厚一棵，并给张敦厚把烟点上。“现在外头比较乱，一个人出来不太好，最好还是有个伴儿。”

“我是约了一个老乡在这里碰面，说好的是前天到，我找了两天了，都没见他。”

“这事儿有点儿麻烦，说不定人家已经走了，你还在这儿瞎转腰子呢。”

“你这是准备去哪儿？”

对象说了一个煤矿。

“那儿怎么样，能挣到钱吗？”

“挣不到钱谁去，不说多，每月至少挣千把块钱吧！”

“那我跟你一块儿去行吗？”

“对不起，我已经有伴儿了。”

这家伙大概在吊他的胃口，张敦厚反吊似的

说：“那就算了。”

“我们也遇到了一点麻烦，人家说好的要四个人，我们也来了四个人，谁知道呢，一个哥们儿半路生病了，回去了，我们只得再找一个人补上。不过我们得找认识的老乡，生人我们不要。”

“什么生人熟人，一回生，两回熟，咱们到一块儿不就熟了？”

对象作了一会儿难，才说：“这事我一个人说了不算，我带你去见我那两个哥们儿，看他们同意不同意要你。要是愿意要你呢，算你走运；要是不同意，你也别生气。”

张敦厚试出来了，这个家伙果然是他的同行，也是到这里钓点子的。这个家伙年龄不太大，看上去不过二十五六岁，生着一张娃娃似的脸，五官也很端正。正是这样面貌并不凶恶的家伙，往往是杀人不眨眼的好手。张敦厚心里跳得腾腾的，竟然有些害怕。他想到了，要是跟这个家伙走，出不了几天，他就得变成人家手里的票子。不行，他要揭露这个家伙，不能让这个家伙跟他们争生意。于是他走了几步站下了，说："我不能跟你走！"

"为什么？"

"我又不认识你们，你们把我弄到煤窑底下，打我的闷棍怎么办？"

那个家伙果然有些惊慌，说："不去拉鸡巴倒，你胡说八道什么？我还看不上你呢！"

张敦厚笑得冷冷的，说："你们把我打死，然后说你们是我的亲属，好向窑主要钱，对不对？"

"你是个疯子，越说越没边儿了。"那家伙

撇下张敦厚，快步走了。

张敦厚喊：“哎，哥们儿，别走，咱们再商量商量。”

那家伙转眼就钻进人堆里不见了。

九

张敦厚领回一个中学生模样的小伙子，令王明君大为不悦，王明君一见就说：“不行不行！”鱼鹰捉鱼不捉鱼秧子，弄回一个孩子算怎么回事儿。他觉得张敦厚这件事办得不够漂亮，或者说有点儿丢手段。

张敦厚以为王明君的做法跟过去一样，故意

拿点子一把，把点子拿牢，就让小伙子快朝王明君喊叔，跟叔说点好话。

小伙子怯生生地看了王明君一眼，喊了一声“叔叔”。

王明君没有答应。

张敦厚对小伙子指出：“你不能喊叔叔，叔叔是普遍性的叫法，得喊叔，把王叔叔当成你亲叔一样。”

小伙子按照张敦厚的指点，朝王明君喊了一声叔。

王明君还是没答应。他这次不是配合张敦厚演戏，是真的觉得这未长成的小伙子不行，一点儿也不像个点子的样子。小伙子个子虽长得不算低，但他脸上的孩子气还未脱掉。他唇上虽然开始长胡子了，但胡子刚长出一层黑黑的绒毛，显然是男孩子的第一茬胡子，还从来没刮过一刀。小伙子的目光固定地瞅着一处，不敢看人，也不敢多说话。这么大的男孩子，在老师面前都是这样的表情。他大概把他们两个当成他的老师了。小伙子的行李也带着中学生的特点。他的铺盖卷儿模仿了外出打工者的做法是不假，也塞进了一个盛粮食用的蛇皮袋子里，可他手上没有提提包，肩上却背了一个黄帆布的书包。看他书包里填得方方块块的，往下坠着，说不定里面装的还有课本呢！这小伙子和年龄差不多的男孩子相比，也有不同的地方，就是他的神情很忧郁，眼里老是泪汪汪的。说得不好听一点儿，好像他刚死了亲爹一样。王明君说小伙子“一看就不像个干活儿的人。”问：“你不是逃学出来的吧？”

小伙子摇摇头。

“你摇头是什么意思，是就说是，不是就说不是。”

小伙子说：“不是。”

“那，我再问你，你出来找活儿干，你家里人知道吗？”

“我娘知道。”

“你爹呢？”

“我爹……”小伙子没说出他爹怎样，眼泪却慢慢地滚下来了。

“怎么回事儿？”

“我爹出来八个多月了，过年也没回家，一点儿音信都没有。”

“噢，原来是这样。”王明君与张敦厚对视了一下，眼角露出一些笑意，问：“你爹是不是发了财，在外面娶了小老婆，不要你们了？”

“不知道。”

张敦厚碰了王明君一下，意思让他少说废话，他说：“我看这小伙子挺可怜的，咱们带上他吧，权当是你的亲侄子。”

王明君明白张敦厚的意思，不把张敦厚找来的点子带走，张敦厚不会答应。他对小伙子说：“带上你也不是不可以，只是挖煤那活儿有一定的危险性，你怕不怕？”

“不怕，我什么活儿都能干。”

“你今年多大了？”

“虚岁十七。”

“你说虚岁十七可不行，得说周岁十八，不然的话，人家煤矿不让你干。另外，你一会儿去买一支刮胡子刀，到矿上开始刮胡子。胡子越刮越旺，等你的胡子长旺了，就像一个大人了。你以后就喊我二叔。记住了，不论什么人问你，你都说我是你的亲二叔，这样我就可以保护你，别人就不敢欺负你了。你叫一声我听听。”

“二叔。”

“对，就这么叫，你爹是老大，我是老二。哎，你叫什么名字来着？”

“元凤鸣。”

王明君眼珠转了一下说：“你以后别叫这个名字了，我给你改个名字，叫王风吧。风是刮风的风，记住了？”

小伙子说：“记住了，我叫王风。”

就这样，这个点子又找定了。他们一块儿喝了保健羊肉汤，俩人就带着叫王风的小点子上路了。上次他们是往北走，这次他们坐上火车再转火车，一直向西北走去，比上次走得更远。王风哪里知道，带他远行的两个人是两个催命的魔鬼，两个魔鬼正带他走向世界的末日。他一路往车窗外面看着，对外面的世界他还觉得很新奇呢。在火车上，王风还对二叔说了他家的情况。他正上高中一年级，妹妹上初中一年级。过了年，他带上被子和够一星期吃的馒头去上学，因带的书本费和学杂费不够，老师不让他上课，让他回家借钱。各种费用加起来需要四百多块钱，而他带去的只有二百多块钱。就这二百多块钱，还是娘到处借来的。老师让他回家借钱，他跟娘一说，娘无论如何也借不到钱了。娘只是流泪。他妹妹也没钱交学费，因为他妹妹学习特别好，是班长，班主任老师就动员全班同学为他妹妹捐学费。他背着馒头，再次到学校，问欠的钱可以不可以缓一缓再交。班主任老师让他去问校长。校长的答复是，不可以，交不齐钱就不要再上学了。于是，他就背着被子和馒头回家了，再也不能去学校读书。一回到家，他就痛哭一场。说到这些情况，王风的眼泪又涌满了眼眶。

王明君说："其实你不应该出来，还是应该想办法借钱上学。你这一出来，学业就中断了。"他亲切地拍了拍王风的肩膀，"我看你这孩子挺聪明的，学习成绩肯定也不错，不上学真是可惜了。"

"没办法，我得出来挣钱供我妹妹上学，不能让我妹妹再失学。我已经大了，应该分担我娘的负担。我还想一边干活儿，一边打听我爹的下落。"

"你爹的下落恐怕不好打听，中国这么大，

你到哪儿打听去！”

“村里人让我娘找乡上的派出所，派出所让我娘印寻人启事。我娘一听印寻人启事又要花不少钱，就没印。”

“不印是对的，印了也没用，净是白花钱。印寻人启事花一百块，人家让你们家出三百，人家得二百。印了寻人启事，也没地方贴。你贴得不是地方，人家罚款，你们家又得花钱。这叫花了钱又找不到人，两头不得一头。你说二叔说的是不是实话？”

“是实话。二叔，我娘叫我出来一定要小心。你说，社会上是好人多还是坏人多？”

“你说呢？”

“让我看还是好人多，二叔和张叔叔都是好人。”

“我们当然是好人。”

张敦厚插了一句：“我们两个要不是好人，现在社会上就没好人了。”

十

来到山区深处的一座小煤窑，由王明君出面和窑主接洽，窑主把他们留下来了。窑主是个岁数比较大的人，自称对安全生产特别重视。窑主把王风上下打量了一下，说：“我看这小伙子不到十八周岁，你不是虚报年龄吧？”王风的脸一下白了，望着王明君。

王明君说："我侄子老实，说的绝对是实话。"

下窑之前，窑主说是对他们进行一次安全教育，把他们领到灯房后面的一间小屋里去了。小屋后墙的高台上供奉着一尊窑神，窑神白须红脸，身上绘着彩衣。窑神前面摆放着一口大型的香炉，里面满是香灰纸灰。还有成把子的残香没有燃尽，缕缕地冒着余烟。门里一侧的小凳子上坐着一位中年妇女，专卖敬神用的纸和香。她的纸和香都比较贵，但窑主只让买她的。张敦厚和王明君一看就明白了，这位妇女肯定是窑主的人，他们在借神的名义挤窑工的钱。这没有办法，到哪儿都得敬哪儿的神。神敬不到，人家就有可能不给你活儿干，使你想受剥削都受不到。张敦厚买了一份香和纸，王明君也买了一份。该王风买了，他却拿不出钱来，他的钱已经花完了。王明君只得替他买了一份。三人烧香点纸，一齐跪在神像前磕头。窑主要求他们祷告两项内容："一、你们要向窑神保证，处处注意安全生产，不给矿上添麻烦；二、你们请窑神保佑你们的平安。"王明君心里打了几下鼓，难道有人在这个窑上办过点子了？窑主已经出过血了？不然的话，老窑主为什么老把安全挂在嘴上，看来办点子的事要谨慎从事。

王风一边磕头，一边看着王明君。王明君磕几个，他也磕几个。见王明君站起来，他才敢站起来。

窑主说："不管上白班夜班，你们每天下井前都要先拜窑神，一次都不能落。这事要跟过去的天天读一样。你们知道天天读吗？"

三个人互相看看，都说不知道。

连天天读都不知道，看来你们是太年轻了。

窑上给每人发了一顶破旧的胶壳安全帽，也要交钱。这一次，王风不好意思让二叔替他交钱了，问不戴安全帽行不行。发安全帽的人说："你他妈的找死呀！"

王明君立即发挥了保护侄子的作用，说："我侄子不懂这个，你好好跟他说不行吗？"他又对王风说："下井不戴安全帽绝对不行，没钱就跟二叔说，别不好意思，只要有二叔戴的，就有你戴的。"他把自己头上戴的安全帽摘下来，先戴在侄子头上了。

王风看看二叔，感动得泪汪汪的。

这个窑的井架不是木头的，是用黑铁焊成的。井架也不是三角形，是方塔形。井架上方还绑着一杆红旗。不过红旗早就被风刮雨淋得变色了，差不多变成了白旗。其中一根铁井架的根部，拴着一条黑脊背的狼狗。他们三个走近窑口时，狼狗呼地站起来了，目光恶毒地盯着他们，喉咙里发出呜呜的声音。狼狗又肥又高，两边的腮帮子鼓着，头大得跟狮子一样。张敦厚、王明君有些却步，不敢往前走了。王风吓得躲在了王明君身后。张王二人走过许多私家办的煤窑了，还从没见过在井架子上拴大狼狗的，不知这个窑主的用意是什么。这时窑主过来了，把狼狗称为“老希”，把“老希”喝了一声，介绍说：“我这个伙计名字叫希特勒，来这里干活儿的必须向它报到，不然的话，它就不让你下窑。”窑主抱住狗头，顺着毛捋了两把，说：“你们过来，让希特勒闻闻你们的味，它一记住你们的味，对你们就不凶了。”张敦厚迟疑了一会儿，见王明君不肯第一个让希特勒闻，就豁出去似的走到希特勒跟前去了。希特勒伸着鼻子在他身上嗅了嗅，放他过去了。王明君听说狗的鼻子是很厉害的，有很多疑难案件经狗的鼻子一嗅，案就破了。他担心这条叫希特勒的狼狗嗅出他心中的鬼来，一口把他咬住。他身子缩着，心也缩着，故作镇静地走到希特勒面前去了。还好，希特勒没有咬他。希特勒像是有些乏味，它嗅完了王明君，就塌下眼皮，双腿往前一伸，趴下了。当王风把两手藏在裤裆前，侧着身子，小心翼翼地走到希特勒跟前时，希特勒只例行公事似的嗅了一下他的裤腿就放行了。

他们三人乘坐同一个铁罐下窑。铁罐在黑呼呼的井筒里往下落，王风的心在往上提。王风两眼瞪得大大的，蹲在铁罐里一动也不敢动，神情十分紧张。铁罐像是朝无底的噩梦里坠去，不知坠落了多长时间，当铁罐终于落底时，他的心也差不多提到了嗓子眼儿。大概因为太紧张了，他刚到窑底，就出了满头大汗。

王明君说："你小子穿得太厚了。"

王风注意到，二叔和张叔叔穿着单衣单裤，外加一件棉坎肩，就到窑下来了。而他原身打原身，穿着毛衣绒裤、秋衣秋裤，还有一身黑灰色的学生装，怪不得这么热呢。

窑底有两个人，在活动，在说话。他们黑头黑脸，一说话就露出白厉厉的牙。王风一时有些发蒙，感觉像是掉进了另外一个世界。这个世界跟窑上的人世完全不同，仿佛是一个充满黑暗的鬼魅的世界。正蒙着，一只黑手在他脸上摸了一把，吓得他差点叫出声来。摸他的人嘻嘻笑着，说："脸这么白，怎么跟个娘们儿一样。"王风的两个耳膜使劲往脑袋里面挤，觉得耳膜似乎在变厚，听觉跟窑上也不一样。那个摸他的人在面前跟他说话，他听见声音却很远。

王明君对窑底的人说："这是我侄子，请师傅们多担待。"他命王风："快喊大爷。"

王风就喊了一声大爷。王风听见自己嘴里发出的声音也有些异样，好像不是他在说话，而是他的影子在说话。

在往巷道深处走时，从未下过窑的中学生王风不仅是紧张，简直有些恐怖了。巷道里没有任何照明设备，前后都漆黑一团。矿灯所照之处，巷道又低又窄，脚下也坑洼不平。巷道的支护异常简陋，两帮和头顶的岩石面目狰狞，如同戏台上的牛头马面。如果阎王有令，说不定这些"牛头马面"随时会猛扑下来，捉他们去见阎王。王风面部肌肉僵硬，瞪着恐惧的双眼，紧紧跟定二叔，一会儿低头，一会儿弯腰，一步都不敢落下。他很想拉住二叔的后衣襟，怕二叔小瞧他，就没拉。二叔走得不慌不忙，好像一点也不害怕。他不由地对二叔有些佩服。他开始在心里承认这个半路上遇到的二叔了，并对二叔产生了一些依赖思想。二叔提醒他注意。他还不知道注意什么，咚地一声，他的脑袋就撞在一处压顶的石头上了，尽管他戴着安全帽，他的头还是闷疼了一下，眼里也直冒碎花。

二叔说："看看，让你注意，你不注意，撞脑袋了吧？"

王风把手伸进安全帽里搓了两下，眼里又含了泪。

二叔问："怎么样，这里没有你们学校的操

场好玩儿吧！”

王风脑子里快速闪过学校的操场，操场面积很大，四周栽着钻天的白杨。他不知道同学们这会儿在操场里干什么。而他，却钻进了一个黑暗和可怕的地方。

二叔见他不说话，口气变得有些严厉，说:“我告诉你，窑底下可是要命的地方，死人不当回事儿。别看人的命在别的地方很皮实，一到窑下就成了薄皮子鸡蛋。鸡蛋在石头缝儿里滚，一步滚不好了，就得淌稀，就得完蛋！”

王明君这样教训王风时，张敦厚正在王风身后站着。张敦厚把镐头平端起来，作出极恶的样子在王风头顶比画了一下，那意思是说，这一镐下去，这小子立马完蛋。王明君知道，张敦厚此刻是不会下手的，点子没喂熟不说，他们还没有赢得窑主的信任。再说了，按照“轮流执政”的原则，这个点子应该由他当二叔的来办，并由他当二叔的哭丧。张敦厚奸猾得很，你就是让他办，让他哭，他也不会干。

张敦厚和王明君要在挖煤方面露一手，以显示他们非同一般的技术。在他们的要求下，矿上的窑师分配给他们在一个独头的掌子面干活儿，所谓独头儿，就像城市中的小胡同一样，是一个此路不通的死胡同。独头掌子面跟死胡同又不同。死胡同上面是通天的，空气是流动的。独头儿掌子面上下左右和前面都堵得严严实实。它更像一只放倒的瓶子，只有瓶口那儿才能进去。瓶子里爬进了昆虫，若把瓶口一塞，昆虫就会被闷死。独头掌子面的问题是，尽管巷道的进口没被封死，掌子面的空气也出不来，外面的空气也进不去。

掌子面的空气是腐朽的，也是死滞的，它是真正的一潭死水。人进去也许会把“死水”搅和得流动一下，但空气会变得更加混浊，更加黏稠，更加难以呼吸。这种没有任何通风设备的独头掌子面，最大的特点就是闷热。煤虽然还没有燃烧，但它本身固有的热量似乎已经开始散发。它散发出来的热量，带着亿万年煤炭生成时那种沼泽的气息、腐殖物的气息和溽热的气息。一来到掌子面，王风就觉得胸口发闷，眼皮子发沉，汗水流得更欢。

张敦厚说：“操他妈的，上面还是天寒地冻，这里已经是夏天了。”

说着，张叔叔和二叔开始脱衣服。他们脱得光着膀子，只穿一件单裤。二叔对王风说：“愣着干什么，还不把衣服脱掉！”

王风没有脱光膀子，上身还保留着一件高领的红秋衣。

二叔没有让王风马上投入干活儿，要他先看一看，学着点儿。

二叔和张叔叔用镐头刨了一会儿煤，热得把单裤也撕巴下来了，就那么光着身子干活儿。刚脱掉裤子时，他们的下身还是白的，又干了一会儿，煤粉沾满一身，他们就成黑的了，跟煤壁乌黑的背景几乎融为一体。王风不敢把矿灯直接照在他们身上，这种远古般的劳动场景让他震惊。他慢慢地转着脑袋，让头顶的矿灯小心地在煤壁上方移动。哪儿都是黑的，除了煤就是石头。这里的石头也是黑的。王风不知道这是在哪里，不知上面有多高，下面有多厚；也不知前面有多远，后边有多深。他想，煤窑要是塌下来的话，他们跑不出去，上面的人也没法救他们，他们只能被活埋，永远被活埋。有那么一刻，他产生了一点幻觉，把刨煤的二叔看成了他爹。爹赤身裸体地正刨煤，煤窑突然塌了，爹就被埋进去了。这样的幻觉使他不寒而栗，几乎想逃离这里。这时二叔喊他，让他过去刨一下煤试试。他很不情愿，还是战战兢兢地过去了。煤壁上的煤看上去不太硬，刨起来却感到很硬，镐尖刨在上面，跟刨在石头上一样，震得手腕发麻，也刨不下什么煤来。他刚刨了几下，头上和浑身的大汗就出来了。汗流进眼里，是辣的。汗流进嘴里，是咸的。汗流进脊梁沟里，把衣服溻湿了。汗流进裤裆里，裤裆里湿得跟和泥一样。他流的汗比刨下的煤还多。他落镐处刨不下煤来，上面没落镐的地方却掉下一些碎煤来，碎煤哗啦一响，打在他安全帽上。

他以为煤窑要塌，惊呼一声，扔下镐头就跑。

二叔喝住了他，骂了他，问他跑什么，瞎叫什么！“你的胆还没老鼠的胆子大呢，像个男人吗？像个挖煤的人吗？要是怕死，你趁早滚蛋！”

王风惊魂未定，委屈也涌上来，他又哭了。

张敦厚打圆场说：“算了算了，谁第一次下窑都害怕，下几次就不怕了。”他怕这个小点子真的走掉。

二叔命王风接着刨，并让他把衣服都扒掉。王风把湿透的秋衣脱下来了。二叔说：“把秋裤也脱掉，小鸡巴孩儿，这儿没有女人，没人咬你的鸡巴！”

王风抓住裤腰犹豫了一下，才把秋裤脱下来了。但他还保留了一件裤衩，没有彻底脱光。裤衩像是他身体上最后的防线，他露出恼怒和坚定的表情，说什么也不放弃这最后的防线了。

一个运煤的窑工到掌子面来了，二叔替下了王风，让王风帮人家装煤。二叔跟运煤工说："让我侄子帮你装煤吧。"

运煤工说："不用不用，我自己来。你侄子岁数不大呀。"

"我侄子是不大，还不到二十岁。"

王风看见，运煤工拉来一辆低架子带轱辘的拖车，车架子上放着一只长方形的大荆条筐。他们就是把煤装进荆条筐里。王风还看见，车架子一角挂着一个透明的大塑料瓶子，瓶子里装着大半瓶子水。一看见水，王风感到自己渴了，喉咙里像是在冒火。他很想跟运煤工商量一下，喝一口他的水。但他闭上嘴巴，往肚子里干咽了两下，忍住了。

运煤工问他："小伙子，发过市吗？"

王风眨眨眼皮，不懂运煤工问的是什么意思。

张敦厚解释说："他是问你跟女人搞过没有。"

王风赶紧摇摇头。

运煤工笑了，说："我看你该发市了，等挣下钱，让你叔带你发发市去。"

王风把发市的意思听懂了，他像是受到了某种羞辱一样，对运煤工颇为不满。

荆条筐装满了，运煤工把拖车的绳袢斜套在肩膀上，拉起沉重的拖车走了。运煤工的腰弯得很低，身子贴向地面，有时两只手还要在地上扒一下。从后面看去，拉拖车的不像是一个人，更像是一匹骡子，或是一头驴。

十一

他们上的是夜班。头天下窑时，太阳还没落山。第二天出窑时，太阳已经升起来了。

当王风从窑口出来时，他的感觉像是做了一个长长的噩梦，终于醒过来了。为了证实确实醒过来了，他就四下里看。他看见天觉得亲切，看见地觉得亲切。连窑口拴着的那只狼狗，他看着也不似昨日那么可怕和讨厌了。也许是刚从黑暗里出来阳光刺目的缘故，也许他为窑上的一切所感动，他的两只眼睛都湿得厉害。

窑工从窑里出来，洗个热水澡是必须的。澡堂离窑口不远，只有一间屋子。迎门口支着一口特大号的铁锅。锅台后面，连着锅台的后壁砌着一个长方形的水泥池子。水烧热后，起进水泥池子里，窑工就在里面洗澡。这样的大锅王风见过，他们老家过年时杀猪，就是把吹饱气的猪放进这样的大锅里褪毛。锅底的煤火红通通的，烧得正旺。大铁锅敞着口子，水面上走着缕缕热气，刚到澡堂门口时，由于高高的锅台挡着，王风没看见里面的水泥池子，还以为人直接跳进大锅里洗澡呢！这可不行，人要跳进锅里，不把人煮熟才怪。等他走进澡堂，看见水泥池子，并看见有人正在水泥池子里洗澡，才放心了。

洗澡不脱裤衩是不行了。王风趁人不注意，很快脱掉裤衩，迈进水泥池子里去了。池子里的水已稠稠的，也不够深，王风赶紧蹲下身子，才勉强把下身淹住。他腿裆里刚刚生出一层细毛，细毛不但不能遮羞，反而增添了羞。这个时候的男孩子是最害羞的。比如刚从蛋壳里出来不久的小鸟，只扎出了圆毛，还没长成扁毛，还不会飞，这时的小鸟是最脆弱的，最见不得人的。王风越是不愿意让人看他那个地方，在澡塘里洗澡的那些窑工越愿意看他那个地方。一个窑工说："哥们儿，站起来亮亮，咱俩比比，看谁的棒。"另一个窑工对他说："哥们儿，你的鸟毛还没扎全哪！"还有一个窑工说："这小子还没开过壶吧！"他们这么一逗，王风臊得更不敢露出下身了。他蹲着移到水池一角，面对澡堂的后墙，用手撩着水洗脸搓脖子。

一个窑工向着澡堂外面，大声喊："老马，老马！"

老马答应着过来了，原来是一个年轻媳妇。年轻媳妇说："喊什么喊，这多好的水还埋不住你的腚眼子吗？"

喊老马的窑工说："水都凉了，你再给来点热乎的，让我们也舒服一回。"

"舒服你娘那脚！"年轻媳妇一点儿也不避讳，说着就进澡堂去了。

那些光着肚子洗澡的窑工更有邪的，见年轻媳妇进来，他们不但不躲避，不遮羞，反而都站起来了，面向年轻媳妇，把阳具的矛头指向年轻媳妇。他们咧着嘴，嘿嘿地笑着，笑得有些傻。

只有王风背着身子，躲在那些窑工后面的水里不敢动。他不知道会发生什么样的事。

当年轻媳妇从大锅里起出一桶热水，泼向他们身上时，他们才一起乱叫起来。也许水温有些高，泼在他们身上有些烫。也许水温正好，他们确实感到舒服极了。也许根本就不是水的缘故，而是另有原因，反正他们的确兴奋起来了。他们的叫声像是欢呼，但调子又不够一致。叫声有的长，有的短，有的粗，有的细，而且发的都是没有明确意义的单音。如果单听叫声，人们很难判断出他们是一群人，还是一群别的什么动物。

“瞎叫什么，再叫老娘也没奶给你们吃！”年轻媳妇又起了一桶水，倒进水池里。

一个窑工说：“老马，这里有个没开壶的哥们儿，你帮他开开壶怎么样？”

窑工们往两边让开，把王风暴露出来。

“什么？没开过壶？”老马问。

有人让王风站起来，让老马看看，验证一下。

王风知道众人都在看他，那个女人也在看他，他如针芒在背，恨不得把头也埋进水里。

有人动手拉王风的胳膊，有人往后扳王风的肩膀，还有人把脚伸到王风屁股底下去了，张着螃蟹夹子一样的脚趾头，在王风的腿裆里乱夹。

王风恼了，说：“谁再招我，我就骂人！”

二叔说话了：“我侄子害羞，你们饶了他吧。”

年轻媳妇笑了，说：“看来这小子真没开过壶。钻窑门子的老不开壶多亏呀，你们帮他开开壶吧！”

一个窑工说：“我们要是会开壶还找你干什么，我们没工具呀！”

年轻媳妇说："这话稀罕，我不是把工具借给你了吗？"

那个窑工一时不解，不知年轻媳妇指的是什么。别的窑工也在那个窑工身上乱找，不明白年轻媳妇借给他的工具在哪里。

年轻媳妇把题意点出来了，说："你们往他鼻子底下找。"

众人恍然大悟似的笑了。

王风睡觉睡得很沉，连午饭都没吃，一觉睡到了半个下午。刚醒来时，他没弄清自己在哪里。眨眨眼，他才想起来了，自己睡在窑工宿舍里。这个宿舍是圆形的，半截在地下，半截在地上。进宿舍的时候先要下几级台阶，出宿舍也要先低头，先上台阶。整个宿舍打成了地铺，地铺上铺着碎烂的谷草。宿舍没有窗户，黑暗得跟窑下差不多。所以宿舍里一天到晚开着灯。灯泡上落了一层毛茸茸的东西，也很昏暗。王风看见，二叔和张叔叔也醒了，他们正凑在一起吸烟，没有说话。二位叔叔眉头皱着，他们的表情像是有些苦闷。宿舍还住着另外几个窑工，有的还在大睡，有的捏着大针缝衣服，有的把衣服翻过来在捉虱子。还有一个窑工，身子靠在墙壁上，在看一本书。书已经很破旧了，封面磨得起了毛。隐约可以看见，封面上的人物穿的是大红大绿的衣服，好像还有一把闪着光芒的剑。王风估计，那个窑工看的可能是一本武侠小说。

王风欠起身来，把带来的挎包拉在手边打开了。他从挎包里拿出来的是他的课本，有英语、物理、政治、语文等。每拿出一本，他翻了翻，放下了。翻开语文课本时，他从课本里拿出一张照片看起来。照片是他们家的全家福，后面是他爹和他娘，前面是他和妹妹。看着看着，他就走神了，心思就飞回老家去了。

“王风，看什么呢？”二叔问。

王风抽了一个冷战，说：“照片，我们家的照片。”

“给我看看。”

王风把照片递给了二叔，指着照片上的他爹介绍说：“这个就是我爹。”

二叔虎起脸子，狠瞪了他一眼。

王风急忙掩口。他意识到自己失口了，哪有当弟弟的不认识哥哥的。

二叔说：“我知道，这张照片我见过。”说了这句，他意识到自己也失口了，差点儿露出一个骇人的线索。为了掩饰，他补充了一句：“这张照片是在咱们老家照的。”

张敦厚探过头来，把照片看了一下，他只看了一下就不看了，转向看王明君的眼睛。

王明君也在看他。

两个人同时认定，这张照片跟张敦厚上次撕掉的那张照片一模一样，照片上的那个男人正是他们上次办掉的点子，不用说，这小子就是那个点子的儿子。

二叔把照片还给了王风，说：“这张照片太小了，应该放大一张。”王风刚接到照片，他又把照片抽回来了，说：“这样吧，我正好到镇上有点儿事儿，顺便给你放大一张。”说着就把照片放进自己口袋里，站起来出门去了。往外走时，他装作无意间碰了张敦厚一下。张敦厚会意，跟在他后面向宿舍外头走去。来到一条山沟里，他们看看前后无人，才停下来了。王明君说：“坏了，在火车站这小子一说他姓元，我就觉得不大对劲，怀疑他是上次那个点子的儿子，我就不想要他。看来真是那个点子的儿子，操他妈的，这事儿怎么这么巧呢！”

张敦厚说：“这有什么？只要是两条腿的，谁都一样，我只认点子不认人！”

“咱要是把这小子当点子办了，他们家不是绝后了吗！”

“他们家绝后不绝后跟咱有什么关系，反正总得有人绝后。”

“我总觉得这事儿有点奇怪，这小子不是来找咱们报仇的吧？”

“要是那样的话，更得把他办掉了，来个斩草除根！”他的手向王明君一伸，“拿来！”

“什么？”

“照片。”

王明君把照片掏出来了，递给了张敦厚。张敦厚接过照片，连看都不看，就一点一点撕碎了。他撕照片的时候，眼睛却瞅着王明君，仿佛是撕给王明君看的。

王明君没有制止他撕照片，说：“你看我干什么？”

“不干什么，你不是要给他放大吗？”

“去你妈的，你以为我真要给他放大呀，我觉得照片是个隐患，那样说是为了把照片从他手里要过来。”

张敦厚把撕碎的照片扔在地上，一只脚踩上去使劲往土里拧。拧不进土里，他就用脚后跟蹬出一些碎土，把照片的碎片埋上了。

十二

第二次从窑里出来，王风有了收获，带到窑上一块煤。煤块像一只蛤蜊那么大，一面印着一片树叶。发现这块带有树叶印迹的煤时，王风显得十分欣喜，马上拿给二叔看，说:“二叔 二叔，你看，这块煤上有一片树叶，这是树叶的化石。”

二叔说 :“这有什么稀罕的。”

王风说：“稀罕着呢。老师给我们讲过，说煤是森林变成的，我们还不相信呢。有了这块带树叶的煤，就可以证明煤确实是亿万年前的森林变成的。”

“煤就是煤，证明不证明有什么要紧。煤是黑的，再证明也变不成白的。好了，扔了吧。”

“不，我要把这块煤带回老家去，给我妹妹看看，给老师看看。”

“你打算什么时候回老家？”

“我也不知道。听二叔你的，你说什么时候回，咱就什么时候回。”

王明君牙齿间冷笑了一下，心说：“你小子还惦着回老家呢，过个三两天，你的魂儿回老家去吧。”

王风把煤块拿到宿舍里，又在那里反复看。

印在煤上的树叶是扇面形的，叶梗叶脉都十分清晰。王风不知道这是什么树的叶子，也许这样的树早就绝种了。他用手指的肚子把“扇面”轻轻摸了一下,还捏起两根指头去捏树叶的叶梗。他想，要是能从煤上揭下一片黑色的树叶，那该多好呀。

同宿舍有一位岁数较大的老窑工问他：“小伙子，看什么呢？”

“树叶，长在煤上的树叶。”

“给我看看行吗？”

王风把煤块给老窑工送过去了。老窑工翻转着把煤块端详了一下，以赞赏的口气说：“不错，是树叶。这树叶就是煤的魂哪！”

王风有些惊奇，问：“煤还有魂？”

老窑工说：“这你就不懂了吧，煤当然有魂。以前这地方不把煤叫煤，你知道叫什么吗？”

“不知道。”

“叫神木。”

“神木？”

“对，神木。从前，这里的人并不知道挖煤烧煤。有一年发大水，把煤从河床里冲出来了。人们看见黑家伙身上有木头的纹路，一敲当当响，却不是木头，像石头。人们把黑家伙捞上来，也没当回事，随便扔在院子里，或者搭在厕所的墙头上了。毒太阳一晒，黑家伙冒烟了，这是怎么回事，难道黑家伙能当木头烧锅吗？有人把黑家伙敲下一块，扔进灶膛里去了。你猜怎么着，黑家伙烘烘地着起来了，浑身通红，冒出的火头蓝荧荧的，真是神了。大家突然明白了，这是大树老得变成神了，变成神木了。”

王风听得眼睛亮亮的，说：“我这块煤就是

带树叶的神木。”

王明君不想让王风跟别人多说话，以免露了底细，说：“王风，我让你刮胡子你刮了吗？”

“还没刮。”

“你这孩子就是不听话，要是这样的话，下次我就不带你出来了。马上刮去吧。”

王风从书包里拿出刮胡子刀，开始刮胡子。他把唇上的一层细细的绒毛摸了摸，迟疑着下不了刀子。他这是平生第一次刮胡子，心里不大情愿。他也听说过，胡子越刮长得越旺。他不想让胡子长旺。男同学们都不想让胡子长旺。胡子一长起来，就不像个学生了。可是，二叔让他刮，他不敢不刮。二叔希望他尽快变成一个大人的样子，他不能违背二叔的意志。把刀片的利刃贴在上唇上方，他终于刮下了第一刀。胡子没有发出什么声响，第一茬胡子就细纷纷地落在地铺的谷草上。他是干刮，既没湿水，也没打肥皂。刮过之后，他觉得嘴唇上面有点热辣辣的，像是失去了什么。他不由地生出了几分伤感。

下午睡醒后，王风拿出纸和笔，给家里人写信。他身子靠着墙，把课本搁在膝盖上，信纸垫着课本写。娘不识字，他把信写给妹妹了。他以前没写过信，每写一句都要想一想。想起妹妹，好像是看见了妹妹。问起娘，好像是看到了娘。提到尚未找到的爹，他像是看到了爹。不知怎么留下的印象，他想到每一位亲人，那位亲人就以一种特定的形象出现在他的脑海里，妹妹是在娘面前哭，怕娘不让她上学。娘是满头草灰、满头大汗地在灶屋里做饭。爹呢，则是背着铺盖卷儿刚从外面回家。亲人的形象在他脑子里闪过，他的鼻子酸了又酸，眼圈红了又红。要不是他揉了好几次眼，他的眼泪几乎打在信纸上了。

张敦厚碰碰王明君，意思让他注意王风的一举一动。王明君看出王风是给家里人写信，故意问道："王风，给女同学写信呢？"

王风说："不是，是给我妹妹写。"

"你在学校里跟女同学谈过恋爱吗？"

王风的脸红了，说："没有。"

"为什么？没有女同学喜欢你吗？"

"老师不准同学们谈恋爱。"

"老师不准的事儿多着呢，你偷偷地谈，别让老师发现不就得了。跟二叔说实话，有没有女同学喜欢过你？"

王风皱起眉想了一下，还是说没有。

"再到学校自己谈一个，那样我和你爹就不

用操你的心了。”

王风写完了信，王明君马上把信要过去了，说他要到镇上办点儿事，捎带着替王风把信送到邮局发走。王风对二叔深信不疑。

王明君拿了信，就到附近的一条山沟里去了。张敦厚随后也去了。他们找了一个背风和背人的地方，坐下来看王风的信。王风在信上告诉妹妹，他现在找到了工作，在一个矿上挖煤。等他发了工资，就给家里寄回去，他保证不让妹妹失学。他要妹妹一定要努力学习。说他放弃了上学，正是为了让妹妹好好上学，希望妹妹一定要争气啊！他问娘的身体怎么样，让妹妹告诉娘，不要挂念他。他用了一个词，好男儿志在四方。他也是一个男儿，不能老靠娘养活，该出来闯一闯了。还说他工作的地方很安全，请娘不要为儿担心。

他说，他还没有打听到爹的下落，他会继续打听，走到哪里打听到哪里。有了钱后，他准备到报社去，在报纸上登一个寻人启事。他不相信爹会永远失踪。

王明君还没把信看完，张敦厚捅了他一下，让他往山沟上面看。王明君仰起脸往对面山沟的崖头上一看，赶紧把信收起来了。崖头上站着一个居高临下的人，人手里牵着一条居高临下的狗，人和狗都显得比较高大，几乎顶着了天。人是本窑的窑主，狗是窑主的宠物。窑主及其宠物定是观察过他们一会儿了，窑主大声问："你们两个干什么呢？鬼鬼祟祟的，不是在搞什么特务活动吧？"

狼狗随声附和，冲他们威胁似地低吠了两声。

王明君说："是矿长呀！我让侄子给家里写

了一封信，我给他看看有没有错别字。”

“看信不在宿舍里看，钻到这里干什么？”

“我要把信送走，不知道路，一走就走到这里来了。”

“我告诉你们，要干就老老实实地干，不要给我捣乱！”

狗挣着要往山沟下冲，窑主使劲拽住了他，喝道：“哎，老希，老希，老实点儿！”窑主给老希指定了一个方向，他和老希沿着崖头上沿往前走了。老希在前面挣，窑主在后面拖。老希的劲儿很大，窑主把铁链子后面的皮绳缠在手上，双脚抢地，使劲往后仰着身子，还是被老希拖得趺趺撞撞，收不住势。

王明君一直等到窑主和狗在崖头上消失，才接着把信看完。王风在信的最后说，他遇到了两个好心人，一个是王叔叔，一个是张叔叔。两个叔叔都对他很关心，像亲叔叔一样。王明君把信捏着，却没有说信的事儿。对窑主的突然出现，他心里还惊惊的，吸溜了一下说："我看这个窑主是个老狐狸，他是不是发现咱们有什么不对劲的地方了？"

张敦厚说："不可能，他是出来遛狗，偶然碰见我们了。狗不能老拴着，每天都要遛一遛。你不要疑神疑鬼。"

王明君不大同意张敦厚的说法，说："反正我觉得这个窑主不一般，不说别的，你听他给狗起的名字，希特勒，把'希特勒'牵来牵去的人，能是好对付的吗？"

"不好对付怎么的？窑上死了人他照样得出血。你只管把点子办了，我来对付他！"张敦厚把信要过去，看了一遍。他没把信还给王明君，冷笑一下，就把信撕碎了，跟撕毁照片一样。

王明君不悦："你，怎么回事儿？"

"我怎么了？"

"我自己不会撕吗？"

"会撕是会撕，我怕你舍不得撕！"

"这是什么意思？"

"什么意思这要问你，你是不是同情那小子了？"

王明君打了一个沉儿，否认说："我干吗要同情他！我同情他，谁同情我？"

张敦厚说："这就对了，你想想看，这信要是发出去，就等于把商业秘密泄露出去了，咱们的生意就做不成了。就算咱硬把生意做了，这封信捏在人家手里，也是一个祸根。"

“就你他妈的懂，我是傻子，行了吧？我把信要过来为什么？还不是为了随时掌握情况，及时堵塞漏洞。我主要是想着，这小子来到人世走一回，连女人是什么味儿都没尝过，是不是有点儿亏？”

“这还不好办，把他领到路边饭店，或者发廊，找个女人让他玩儿一把不就得了。”

“把这个任务交给你，你带他去玩儿吧。”

张敦厚不由地往旁边躲了一下，说：“那是你侄子，干吗交给我呀！有那个钱，我自己还想玩儿呢。再说了，咱们以前办的点子，从来没有这个项目，谁管他日不日女人。”

王明君指着张敦厚：“这就是你的态度？你不合作是不是？”

“谁不合作了？我说不合作了吗？”

“那你为什么斤斤计较，光跟我算小账？”

张敦厚见王明君像是恼了，作出了妥协，说：“得得得，钱你先垫上，等窑主把钱赔下来，咱哥儿俩平摊还不行吗？”

张敦厚主张当天下午就带王风去开壶，王明君坚持明天再去。两个人在这个问题上又产生了分歧。张敦厚认为，解决点子要趁早，让点子多活一天，就多一天的麻烦。王明君说，今天他累了，没精神，不想去。要去，由张敦厚一个人带点子去。张敦厚向王明君伸手，让王明君借钱给他。王明君在他手上狠抽了一巴掌，说：“借给你一根鸡巴，拿回去给你妹妹用吧！”

不料张敦厚说：“拿来，拿来，鸡巴我也要，我炖炖当狗鞭吃。”

“没有你不要的东西，我看你小子完了，无可救药了。”

十三

这天下班后，他们吃过饭没有睡觉，王明君和张敦厚就带王风到镇上去了。按照昨天的计划，在办掉点子之前，他们要让这个年轻的点子尝一尝女人的滋味，真正当一回男人。

走出煤矿不远，他们就看见路边有一家小饭

店。饭店门口的高脚凳子上坐着两个小姐。阳光亮亮的，他们远远地就看见两个小姐穿得花枝招展，脸很白，嘴唇很红，眉毛很黑。张敦厚对王风说："看，鸡。"

王风往饭店门前看了看，说："没有鸡呀。"

张敦厚让他再看看。

王风还是没看见，他问："是活鸡还是死鸡？"

张敦厚说："当然是活鸡。"

王风摇头，说："没看见。只有两个女的在那儿嗑瓜子儿。"

"对呀，那两个女的就是鸡。"

王风不解，说："女的是人，怎么能是鸡呢？"

张敦厚笑着拍了一下王明君，说："你二叔对鸡很有研究，让你二叔给你讲讲。"

王风求知似的看着二叔。

二叔说："别听你张叔叔瞎说，我也不懂。女人是人，鸡是鸡。鸡可以杀吃，女人又不能杀吃，干吗把人说成鸡呢？"

张敦厚想了想说："谁说女人不能杀吃，只是杀法不太一样，鸡是杀脖子，女人是杀下边。"

这话王风更不懂了，说："怎么能杀人呢？"

杀人的话题比较敏感了，二叔说："你张叔叔净是胡扯。"

王明君本想把这家小饭店越过去，到镇子上再说。到了跟前，才知道越过去是不容易的。两位小姐一看见他们，就站起来，笑吟吟地迎上去，叫他们"这几位大哥"，给他们道辛苦，请他们到里面歇息。

王明君说："对不起，我们吃过饭了。"

一位小姐说："吃过饭没关系，可以喝点儿

茶嘛。”

王明君说：“我们不渴，不喝茶。我们到前边看看。”

另一位小姐说：“怎么会不渴呢，出门在外的，男人家没有一个不渴的。”

张敦厚大概想在这里让点子解决问题，问：“你们这里都有什么茶，有花茶吗？”

一位小姐说：“有呀，什么花都有，你们想怎么花就怎么花。”

两位小姐说着就上来了，样子媚媚的，分别推王明君和张敦厚的腰窝。

二人经不起小姐这样推法，嘴当家腿不当家，说着不行不行，腿已经插入饭店的门口里了。饭店里空空的，没有别的客人。

只有王风站在饭店门外没动。他没见过这样

的阵势，不知会发生什么事情。

一个小姐回头关照他，说："这个小哥哥，进来呀，愣着干什么？我们不是老虎，不吃人。"

二叔说："进来吧，咱们坐一会儿。"

王风这才迟疑着进去了。

他们刚坐定，站在柜台里面的女老板过来了，问他们用点儿什么。女老板个子高高的，姿色很不错，看样子岁数也不大，不会超过三十岁。关键是女老板笑得很老练，很有一股子抓人的魅力，让人不可抗拒。

王明君问："你们这里有什么？"

女老板说："我们这里有小姐呀，只要有小姐，就什么都有了，对不对？"

王明君不由地笑了笑，承认女老板说得很对，但他还是问了一句："你们这里有按摩服务吗？"

“当然有了，你们想怎么按就怎么按，做爱也可以。”

“啊，做爱！”做爱的说法使张敦厚激动得嘴都张大了，“这个词儿真他妈的好听。”

王风的脸红了，眼不敢看人。他懂得做爱指的是什么。

王明君让女老板跟他到一边去了，他小声跟女老板讨价还价。女老板说做一次二百块。他说一百块。后来一百五成交。女老板说：“你们三个人，我这里只有两个小姐，你们当中的一个人还要等一下。”

王明君把女老板满眼瞅着，说：“加上你不是正好吗，咱俩做怎么样？”

女老板微笑得更加美好，说：“我不是不可以做，不过你至少要出五百块。”

王明君说："开玩笑开玩笑。"他把王风示意给女老板看，小声说："那是我侄子，今天我主要是带他来见见世面，开开眼界。"

女老板似乎有些失望。

王明君回过头做王风的思想工作，说："我看你这孩子力气还没长全，干起活儿来没有劲儿。今天呢，我请人给你治治。你不用怕，一不给你打针，二不让你吃药，就是给你做一个全身按摩。经过按摩，你的肌肉就结实了，骨头就硬了，人就长大了。"

女老板指派一个小姐过来了，小姐对王风说："跟我来吧。"

王风看着二叔。二叔说："去吧。"

跟小姐走了两步，王风又退回来了，对二叔说："我不想按摩，我以后加强锻炼就行。"

二叔说：“锻炼代替不了按摩，去吧，听话。我和张叔叔在这里等你。”

饭店后墙有一个后门，开了后门，现出后面一个小院，小院里有几间平房。小姐把王风领到一间平房里去了。

不大一会儿，王风就跑回来了，他满脸通红，呼吸也很急促。

二叔问：“怎么回事儿？”

王风说：“她脱我的裤子，还，还……我不按摩了。”

二叔脸子一板，拿出了长辈的威严，说：“浑蛋，不脱裤子怎么按摩。你马上给我回去，好好配合人家的治疗，人家治疗到哪儿，你都得接受。不管人家用什么方法治疗，你都不许反对。再见你跑回来我就不要你了！”

这时那位小姐也跟出来了，在一旁哧哧地笑。王风极不情愿地向后院走时，王明君却把小姐叫住了，向小姐询问情况。

小姐说："他两手捂着那地方，不让动。"

"他不让动，你就不动了？你是干什么吃的？把你的技术使出来呀！我把丑话说到前面，"说到这里，他看了一眼回到柜台里的老板娘，意思让老板娘也听着，"你要是不把他的东西弄出来，我就不付钱。"

张敦厚趁机把小姐的屁股摸了一把，嘴脸馋得不成样子，说："我这位侄子还是个童男子，一百个男人里边也很难遇到一个，你吸了他的精，我们不跟你要钱就算便宜。"

小姐到后院去了，另一个小姐继续到门外等客，王明君和张敦厚就看着女老板笑。女老板也对他们笑。他们笑意不明，都笑得有些怪。女老板对王明君说："你对你侄子够好的。"

王明君却叹了一口气说："当男人够亏的，拼死拼活挣点儿钱，你们往床上一仰巴，就把男人的钱弄走了。有一点我就想不通，男人舒服，你们也舒服，男人的损失比你们还大，干吗还让男人掏钱给你们？"

女老板说："这话你别问我，去问老天爷，这是老天爷安排的。"

说话之间，王风回来了。王风低头走到二叔跟前，低头在二叔跟前站下，不说话。他脸色很不好，身上好像还有些抖。

二叔问："怎么，完事儿了？"

王风抬起头来看了看二叔，嘴一瘪咕一瘪咕，突然间就哭起来了，他咧开大嘴，哭得呜呜的，眼泪流得一塌糊涂。他哭着说："二叔，我完了，我变坏了，我成坏人了……"哭着，一下子抱住了二叔，把脸埋在二叔肩膀上，哭得更加悲痛。

二叔冷不防被侄子抱住，吓了一跳。但他很快明白了这是怎么回事儿，男孩子第一次发生这事儿，一点儿也不比女孩子好受。他搂住了王风，一只手拍着王风的后背，安慰王风说："没事儿，啊，别哭了。作为一个男人，早晚都要经历这种事儿，经历过这种事儿就算长成人了。你不要想那么多，权当二叔给你娶了一房媳妇。"这样安慰着，他无意中想到了自己的儿子，仿佛怀里搂的不是侄子，而是自己的亲生儿子。他未免有些动感情，神情也凄凄的。

那位小姐大概被王风的痛哭吓住了，躲在后院不敢出来。女老板摇了摇头，不知在否定什么。

张敦厚笑了一下又不笑了，对王风说："你哭个球呢，痛快完了还有什么不痛快的！"

王风的痛哭还止不住，他说："二叔，我没脸见人了，我不活了，我死，我……"

二叔一下子把他从怀里推开，训斥说："死去吧，没出息！我看你怎么死，我看你知不知道一点儿好歹！"

王风被镇住了，不敢再大哭，只抽抽噎噎的。

十四

他们三人回到矿上，见窑主的账房门口跪着两个人，一个大人和一个孩子。大人年龄也不大，看上去不过二十七八岁。他是一个断了一条腿的瘸子，右腿连可弯曲下跪的膝盖都没有了，空裤管打了一个结，断腿就那么直接杵在地上。大概为了保持平衡，他右手扶着一支木拐。孩子是个男孩，五六岁的样子。孩子挺着上身，跪得很直。但他一直塌蒙着眼皮，不敢抬头看人。孩子背上还斜挎着一个脏污的包袱。王明君他们走过去，正要把跪着的两个人看一看，从账房里出来一个人，挑挑手让他们走开，不要瞎看。这个人不是窑主，像是窑主的管家一类的人物。他们往宿舍走时，听见管家喝向断腿的男人："不是赔过你们钱了吗，又来干什么？再跪断一条腿也没用，快走！"

断腿男人带着哭腔说："赔那一点儿钱够干什么的？连安个假腿都不够。我现在成了废人，老婆也跟我离婚了，我和我儿子怎么过呀，你们可怜可怜我们吧！"

"你老婆和你离不离婚，跟矿上有什么关系？你不是会告状吗？告去吧。实话告诉你，我们把钱给接状纸的人，也不会给你。你告到哪儿也没用！”

“求求你，给我儿子一口饭吃吧，我儿子一天没吃饭了，我给你磕头，我给你磕头……”

他们下进宿舍刚睡下，听见外面人嚷狗叫，还有人大声喊救命，就又跑出来了。别的窑工也都跑出来看究竟。

窑口煤场停着一辆装满煤的汽车，汽车轰轰地响着。两个壮汉把断腿的男人连拖带架，往煤车上装。断腿的人一边使劲扭动，拼命挣扎，一边声嘶力竭地喊："放开我！放开我！还我的腿，你们还我的腿！我儿子，我儿子！”

儿子哇哇大哭，喊着："爸爸！爸爸！”

狼狗狂叫着，肥大的身子一立一立的，把铁链子抖得哗哗作响。

两个壮汉像往车上装半布袋煤一样，胡乱把断腿的人扔到煤车顶上去了，把他的儿子也弄上去了。汽车往前一蹿开走了。断腿的人抓起碎煤面子往下撒，骂道：“你们都不得好死！”

汽车带风，把小男孩儿头上的棉帽子刮走了。棉帽子落在地上，翻了好几个滚儿才停下。小男孩儿站起来看他的帽子,断腿的人一把把他拉坐下了。

窑主始终没有露面。

回到宿舍，窑工们蔫蔫的，神色都很沉重。那位给王风讲神木的老窑工说：“人要死就死个干脆，千万不能断胳膊少腿。人成了残废，连狗都不待见，一辈子都是麻烦事儿。”

张敦厚悄悄地对王明君说：“咱要狠狠地治这个窑主一下子。”

王明君明白，张敦厚的言外之意是催他赶快

把点子办掉。他没有说话，扭脸看了看王风。王风已经睡着了，脸色显得有些苍白。这孩子大概在梦里还委屈着，他的眼睫毛是湿的，还时不时地在梦里抽一下长气。

下午太阳落山的时候，他们从狼狗面前走过，又下窑去了。这是他们三个在这个私家煤窑干的第五个班。按照惯例，王明君和张敦厚应该把点子办掉了。窑上的人已普遍知道了王风是王明君的侄子，这是一。他们的劳动也得到了窑主的信任，窑主认为他们的技能还可以，这是二。连狼狗也认可了他们，对他们下窑上窑不闻不问，这是三。看来铺垫工作已经完成了，一切条件都成熟了，只差把点子办掉后跟窑主要钱了。

窑下的掌子面当然还是那样隐蔽，氛围还是那样好，很适合杀人。镐头准备好了，石头准备好了，夜幕准备好了，似乎连污浊的空气也准备好了，单等把点子办掉了。可是，时间在一分一秒地过去，运煤的已经运了好几趟煤，王明君仍然没有动手。

张敦厚有些急不可耐，看了王明君一次又一次，用目光示意他赶快动手。他大概觉得用目光示意不够有力，就用矿灯代替目光，往王明君脸上照。还用矿灯灯光的光棒子往下猛劈，用意十分明显。然而王明君好像没领会他的意图，没有往点子身边接近。

张敦厚说 :“哥们儿，你不办我替你办了！”说着笑了一下。

王明君没有吭声。

张敦厚以为王明君默认了，就把镐头拖在身后，向王风靠近。

王风已经学会刨煤了。他把煤壁观察一下，用手掌摸一摸，找准煤壁的纹路，用镐尖顺着纹路刨。他不知道煤壁上的纹路是怎样形成的。按他自己的想象，既然煤是树木变成的，那些纹路也许是树木的花纹。他顺着纹路把煤壁掏成一个小槽，然后把镐头翻过来，用镐头铁锤一样的后背往煤壁上砸。这样一砸，煤壁就被震松了，再刨起来，煤壁就土崩瓦解似的纷纷落下来。王风身上出了很多汗，细煤一落在他身上，就被他身上的汗水黏住了，把他变成了一个黑人，或者是一块人形的煤。不过，他背上的汗水又把沾在身上的煤粉冲开了，冲成了一道道小溪，如果把王风的脊背放大了看，他的背仿佛是一个浅滩，浅滩上淙淙流淌着不少小溪，黑的地方是小溪的岸，明的地方是溪流中的水。中间那道溪流为什么那样宽呢，像是滩上的主河道。噢，明白了，那是王风的脊梁沟。王风没有像二叔和张叔叔那样脱光衣服，赤裸着身子干活，他还是坚持穿着裤衩干活。很可惜，他的裤衩已经看不出原来的颜色了，变成了黑色的。而且，裤衩后面还烂了一个大口子，他每刨一下煤，大口子就张开一下，仿佛是一个垂死呼吸的鱼嘴。这就是我们的高中一年级的一个男生，他的本名叫元凤鸣，现在的代号叫王风。他本来应该和同学们一起，坐在教室里听老师讲课。听老师讲数学讲语文，也跟老师学音乐学绘画。下课后，他应该和同学们到宽阔的操场上去，打打篮球，玩玩单双杠，或做些别的游戏。可是，由于生活所逼，他却来到了这个不为人知的万丈地底，正面临着生命危险。

张敦厚已经走到了王风身后，他把镐头拿到

前面去了，他把镐头在手里顺了顺，他的另一只手也握在镐把上了，眼看他就要把镐头举起来——

这时王明君喊了一声："王风，注意顶板！"

王风应声跳开了，脱离了张敦厚的打击范围。他以为真的是顶板出了问题，用矿灯在顶板上照。

王风跳开后，张敦厚被暴露在一块空地里。他握镐的手松垂下来了，镐头拖向地面。尽管他的意图没有暴露，没有被毫无防人之心的王风察觉，他还是有些泄气，进而有些焦躁。他认为王明君喊王风喊得不是时候，不然的话，他一镐下去就把点子办掉了。他甚至认为，王明君故意在关键时候喊了王风一嗓子，意在提醒王风躲避。躲避顶板是假，躲避打击是真。他不明白这是为什么。为什么？难道王明君不愿让他替他下手？

难道王明君不想跟他合作了？难道王明君要背叛他？他烦躁不安地在原地转了两圈，就气哼哼地靠在巷道边坐下了。坐下时，他把镐头的镐尖狠狠地往底板上刨去。底板是一块石头，镐尖打在上面，砰地溅出一簇火花。亏得这里瓦斯不是很大，倘是瓦斯大的话，有这簇火花作引子，窑下马上就会发生瓦斯爆炸，在窑底干活的人统统都得完蛋。

张敦厚坐了一会儿，气不但没消，反而越生越大，赌气变成了怒气。他看王风不顺眼，看王明君也不顺眼。他不明白，王风这点子怎么还活着，王明君这狗日的怎么还容许点子活着。点子一刻不死，他就一刻不痛快，好像任务没有完成。王明君迟迟不把点子打死，他隐隐觉得哪里出了毛病，出了障碍，不然的话，这次合作不会如此别扭。王明君让王风歇一会儿，他自己到煤壁前刨煤去了。他刨着煤，还不让王风离开，教王风怎样问顶。说如果顶板一敲当当响，说明顶板没问题。如果顶板发出的声音空空的，就说明上面有了裂缝，一定要加倍小心。他站起来，用镐头的后背把顶板问了问。顶板的回答是空洞的，还有点儿闷声闷气。王风看看王明君。王明君说，现在问题还不大，不过还是要提高警惕。张敦厚在心里骂道："警惕个屁！"看着王明君对王风那么有耐心，他对他们两人的关系产生了怀疑，难道王明君真把王风当成了自己的亲侄子？难道他们私下里结成了同盟，要联合起来对付他？张敦厚顿时警觉起来，不行，一定要尽快把点子干掉。于是他装出轻松的样子，又拖着镐头向王风走过去。他喉咙里还哼哼着，像是哼一支意义不明的小曲儿。他用小曲迷惑王风，也迷惑王明君。他在身子一侧又把镐头握紧了，看样子他这次不准备用双手握镐把儿了，而是利用单手的甩力把镐头打击出去。以前，他打死点子时，一般都是从点子的天灵盖上往下打，那样万一有人验伤时，可以轻易地把受伤处推给顶板落下的石头。这次他不管不顾了，似乎要把镐头平甩出去，打在王风的耳门上。就在他刚要把镐头抡起来时，王明君再次干扰了他，王明君喊："唐朝阳！"

提起唐朝阳，等于提起张敦厚上次的罪恶，他一愣，仿佛自己头上被人击了一镐，自己手里的镐头差点儿松脱了。他没有答应，却问："你喊谁？谁是唐朝阳？"

王明君没有肯定他就是唐朝阳，过去抓住他的一只胳膊，把他拉到掌子面外头的巷道里去了。张敦厚意识到王明君抓他的胳膊抓得有些狠，胳膊使劲儿一甩，从王明君手里挣脱了。他骂了王明君，质问王明君要干什么。

王明君说："咱不能坏了规矩。"

"什么规矩？"

王明君刚要说明什么规矩，王风从掌子面跟出来了，他不知道两个叔叔之间发生了什么事儿。

王明君厉声喝道："你出来干什么？回去，好好干活！"

王风赶紧回掌子面去了。

王明君说出的规矩是，他们还没有让王风吃一顿好吃的，还没有让王风喝点上路的酒。

张敦厚不以为然，说："小鸡巴孩儿，他又不会喝酒。"

"会不会喝酒是他的事儿，让不让喝酒是咱

的事儿，大人小孩儿都是人，规矩对谁都一样。”

张敦厚很不服，但王明君的话占理，他驳不倒王明君。他的头拧了两下，说：“明天再不办咋说？”

“明天肯定办。”

“你啃谁的腚？我看没准儿。”

“明天要是办不成，你就办我，行了吧？”

张敦厚没有说话。

这个时候，张敦厚应该表一个态，指出王明君是开玩笑，他不说话是危险的，至少王明君的感觉是这样。

等张敦厚觉出空气沉闷应该开一个玩笑时，他的玩笑又很不得体，他说：“你是不是看中那小子了，要留下做你的女婿呀？”

“留下给你当爹！”王明君说。

十五

最后一个班，王明君在掌子面做了一个假顶。所谓假顶，就是上面的石头已经悬空了，王明君用一根点柱支撑住，不让石头落下来。需要石头落下来时，他用镐头把点柱打倒就行了。这个办法类似用木棍支起筛子捉麻雀，当麻雀来到筛子下面时，把木棍拉倒，麻雀就被罩在下面了。不对，筛子扣下来时，麻雀还是活的，而石头拍下来时，人十有八九会被拍得稀烂。王明君把他的想法悄悄地跟张敦厚说了，这次谁都不用动手，他要制造一个真正的冒顶，把点子砸死。

张敦厚笑话他，认为他是脱下裤子放屁，多此一举。

王明君把假顶做好了，只等王风进去后，他退到安全地带，把点柱弄倒就完了。那根点柱的作用可谓千钧一发。

在王明君煞费苦心地做假顶时，张敦厚没有帮忙，一直用讥讽的目光旁观他，这让王明君十分恼火。假顶做好后，张敦厚却过去了，把手里的镐头对准点柱的根部说："怎么样，我试试吧？"

王明君正在假顶底下，如果张敦厚一试，他必死无疑。"你干什么？"王明君从假顶下跳出来了，跳出来的同时，镐头阻挡似的朝张敦厚抡了一下子。他用的不是镐头的后背，而是镐头的镐尖，镐尖抡在张敦厚的太阳穴上，竟把张敦厚抡倒了。天天刨煤，王明君的镐尖是相当尖利的，他的镐尖刚脱离张敦厚的太阳穴，成股的鲜血就从张敦厚脑袋一侧滋冒出来。这一点既出乎张敦厚的意料，也出乎王明君的意料。

张敦厚的眼睛瞪得十分骇人，他的嘴张着，像是在质问王明君，却发不出声音。但他挣扎着，抱住了王明君的一只脚，企图把王明君拖到假顶底下，他再把点柱蹬倒……

王明君看出了张敦厚的企图，就使劲抽自己的脚。抽不出脚来，他也急眼了，喊道："王风，快来帮我把这家伙打死，就是他打死了你爹，快来给你爹报仇！"

王风吓得往后退着，说：“二叔，不敢……不敢哪，打死人是犯法的。”

指望不上王风，王明君只好自己抡起镐头，在张敦厚头上连砸几下，把张敦厚的头砸烂了。

王风捂着脸哭起来了。

“哭什么，没出息！不许哭，给我听着！”王明君把张敦厚的尸体拖到假顶下面，自己也站到假顶底下去了。

王风不敢哭了。

“我死后，你就说我俩是冒顶砸死的，你一定要跟窑主说我是你的亲二叔，跟窑主要两万块钱，你就回家好好上学，哪儿也不要去了！”

“二叔，二叔，你不要死，我不让你死！”

“不许过来！”

王明君朝点柱上踹了一脚，磐石般的假顶

骤然落下，烟尘四起，王明君和张敦厚顿时化为乌有。

王风没有跟窑主说王明君是他的亲二叔，他把在窑底看到的一切都跟窑主说了，说的全部是实话。他还说，他的真名叫元凤鸣。

窑主只给了元凤鸣一点回家的路费，就打发元凤鸣回家去了。

元凤鸣背着铺盖卷儿和书包，在一道荒路茫茫的土梁上走得很犹豫。既没找到父亲，又没挣到钱，他不想回家。可不回家又到哪里去呢?